FORTE DE AREIA

HELENA GRILLO MIRANDA

FORTE DE AREIA

LIVRO II – ESPADAS E PISTOLAS

partners coerência

DIREÇÃO EDITORIAL
Lilian Vaccaro

PREPARAÇÃO DE TEXTO
Raquel Escobar

REVISÃO DE TEXTO
Jadna Alana

ANÁLISE CRÍTICA
Márcio Zanini

PRODUÇÃO GRÁFICA
Giovanna Vaccaro

CAPA
Henrique Morais

DIAGRAMAÇÃO
Michael Vasconcelos

DADOS INTERNACIONAIS DE CATALOGAÇÃO NA PUBLICAÇÃO (CIP)

Miranda, Helena Grillo.
Forte de Areia / Helena Grillo Miranda. – 1ª edição – São Paulo: Coerência, 2022

ISBN: 978-65-89850-50-2

1. Ficção brasileira 2. Fantasia I. Título

CDD: 869.3

Grupo Editorial coerência

partners coerência

Rua Coronel Leme, 43
Centro | Bragança Paulista | SP
12.900-340
www.editoracoerencia.com.br

Dedicado a todas as jovens que só têm como companhia um fone de ouvido. Solte sua voz para que ela ecoe através do tempo.

NOTA DA AUTORA

Alguns dados históricos foram adaptados neste e nos demais livros da série *Espadas e Pistolas*. Porém, o único objetivo desta literatura é entreter. Caso queira estudar os fatos históricos do século XVIII, recomendo pesquisas em outros veículos de cunho educacional.

SEPTEMBER

EARTH, WIND & FIRE

— Como assim você não tem celular?

Mônica revirou os olhos e respirou fundo. Ouvia essa pergunta umas dez vezes por dia, mas era a primeira vez que um professor a fazia. *Seja paciente*, mentalizou.

— Meu pai não permite...

— Isso deveria ajudá-la a ter mais foco nas aulas, mas, ainda assim, você não presta atenção. E, já que não pode enviar o trabalho por e-mail, imprima ou escreva à mão e me traga na segunda-feira.

— Sim, senhor.

Virou as costas e saiu ao encontro de Dominick, que se escorava na porta.

Dominick sempre foi a sua melhor amiga — na verdade, era a única que tinha desde o jardim de infância. Ela tinha a pele cor de avelã e olhos agitados, além de um longo cabelo cacheado, igual ao de Mônica, a diferença era que o de Dominick era preto como a noite, e o dela, vermelho como o fogo. As duas faziam o mesmo caminho, já que moravam a duas quadras de distância.

— Não sei como gosta tanto desses livros — Mônica repetiu o assunto de sempre. — Não são objetivos e a maioria dos problemas poderiam ser resolvidos em cinco minutos de conversa.

Dessa vez, foi Dominick quem revirou os olhos.

— Olhe só quem fala, você sempre leva um da biblioteca para casa!

— São para a minha irmã... — Mônica foi diminuindo a voz.

— Sua irmã, sei. Já falei para você conversar com a minha mãe, ela é psicóloga infantil, não vai julgar. Todo mundo sabe que essa tal de Marina deve ser uma personalidade sua.

O motivo para ninguém mais ter interesse na amizade de Mônica, além de Dominick, era justamente porque todos a consideravam "louca" desde a primeira série, quando ela chorava por todos os cantos pedindo que ajudassem a "irmã", que era cobaia das experiências do pai. Agora já pré-adolescente, ninguém mais acreditava nela. Na época, o pai até levara alguns responsáveis do colégio à sua casa e escondera a redoma onde Marina ficava, provando que a filha era "problemática" e, nas palavras dele, "só queria chamar atenção".

Mônica só tinha três confortos na vida: música, Marina e a família de Dominick.

Percebendo que não teria o apoio da amiga e ainda não estava junto da irmã, pegou o *discman*, colocou os fones e começou a curtir ao som de *Earth, Wind & Fire*. Dominick suspirou. Era sempre assim quando Mônica queria fugir de um assunto. Começou a estalar os dedos e puxou Dominick para dançar ali mesmo, no meio da calçada. Ela só riu e embarcou na graça.

Mônica se empolgou tanto que subiu em um banco e depois pulou em direção ao poste, girando seu corpo com o apoio da mão. Essa alegria foi esfriando à medida que se aproximava de casa. *Se não fosse por Marina, eu já teria fugido sozinha, mas não posso deixá-la. Preciso protegê-la, custe o que custar.*

Despediu-se da melhor amiga e encarou a porta. Suspirou, como fazia todos os dias, e entrou. Colocou os fones na caixa de plástico antes de passar pelo detector de metais que ficava no corredor. Ele não apitou. Olhou de relance para o laboratório e para a redoma antes de ir para o quarto. Marina estava tão magra e agora careca. Fechou a mão com tanta raiva que as unhas rasgaram a pele. Odiava ver a irmã naquele estado.

Já pensara em matar o pai algumas vezes, mas sabia que a irmã passaria a vê-la como um monstro, além da possibilidade de serem enviadas para orfanatos diferentes. O pai dizia amar Mônica como filha, culpando Marina pela morte da mãe no parto, pois não esperava que fossem gêmeas. Mas Mônica não recebia praticamente nenhuma atenção. Ele só sabia falar sobre loucuras a respeito de uma máquina do tempo. Suspirou ao entrar no seu quarto; era pequeno, mas seria ridículo reclamar comparado com o que a irmã dormia. Seu companheiro de sempre, o teclado, estava empoeirado. Pegou a flanela do chão e passou de leve, como quem faz um carinho em um cachorro.

Aquele era o único objeto "digital" que tinha além da TV. Plugou os fones nele e começou uma melodia triste. As lágrimas vieram com facilidade, o choro silencioso tinha se tornado sua especialidade. Depois, jogou-se no colchão meio rasgado e já afundado, pôs os fones de ouvido no *discman*, procurando fugir dali, mesmo em pensamentos.

Pensou no croissant frio e no livro *A sala dos répteis*, de Lemony Snicket, que estavam na mochila e entregaria para Marina assim que anoitecesse. Seu humor melhorou um pouco ao pensar na animação da irmã ao receber a continuação de *Desventuras em série* e comer uma comida minimamente decente. Como irmã mais velha, pelo menos por alguns segundos, sentia-se responsável por Marina.

Percebeu que parecia que conseguira o *discman* no dia anterior, mas já fazia alguns anos. O pai raramente saía com ela, então, se Mônica precisasse de algo, ele dava um bolo de notas e pedia para não o incomodar. As roupas estavam pequenas, então fora ao shopping comprar novas, mas toda vez que via o dinheiro se sentia enojada.

Parara em frente a uma vitrine e sentira o impulso de jogar o dinheiro fora e continuar usando trapos. Ao sair do shopping sem nenhuma compra, vira um morador de rua brincando com um filhote de cachorro. Aquele valor poderia servir para algo realmente bom, pensara. Timidamente, pegara o bolo de notas e estendera ao senhor, soltando um "boa noite" quase inaudível. Ele a encarara e depois fitara o dinheiro.

— Mocinha, tem certeza disso? É muito. Onde estão seus pais? — Ela negara com a cabeça, triste, e continuara com a mão estendida. — Ok. — Ele sorrira, pegara o dinheiro e bagunçara o cabelo dela. — Mas só aceito em troca de algo... Deixe eu ver...

O senhor pegara uma caixa de sapato atrás da lata de lixo e, de dentro, um *discman* amarelo e bem sujo.

— Não posso aceitar... — ela havia dito, sem saber ao certo o que era, mas com curiosidade.

— Então não fico com o dinheiro... — Ela pegara o *discman* como se fosse um recém-nascido, com cuidado e olhando com atenção. — Ele é mágico, sabia? Aqui dentro vão os CD's e aqui as pilhas. Desculpe, mas perdi os fones. Mas, quando colocar tudo, vai ouvir todas as músicas que quiser!

Ela sorrira. A primeira vez em muito tempo.

— Obrigada!

A menina apertara a mão do homem e fora embora.

As crianças da escola tinham seus celulares modernos, mas ela aprendera algo importante naquele dia. Havia pessoas boas no mundo, se ela procurasse direito.

Depois disso, foi só limpar o aparelho, comprar algumas pilhas e um fone com o troco do mercado. Os CD's ela foi mixando em lan houses, até fazer um compilado que acreditava ser perfeito e que ouvia naquele momento.

Tirou os fones e guardou no bolso junto com o *discman* e algumas pilhas novas assim que ouviu um grito do pai. Correu com medo do que poderia ter acontecido com Marina e a encontrou deitada em um caixão.

Por um milissegundo, o tempo parou. Mônica perdeu o resto da paciência com o pai. Não toleraria mais nenhum dia daquela barbárie. Aproveitou a distração e o empurrou para trás, usando de toda a sua força. Agarrou na mão de Marina para que corressem para longe o mais rápido possível.

Só que foi naquele momento que uma grande luz roxa, seguida de um estrondo, separou as duas.

Sentiu uma tontura e, então, desmaiou.

BEGGIN
MÅNESKIN

Mônica sentiu uma forte dor de cabeça após o clarão, tendo dificuldade para abrir os olhos. Quando os abriu, percebeu que estava em uma clareira com apenas algumas árvores cobrindo o sol forte. Assustada, tentou levantar, mas todos os membros doíam. Onde estavam Marina e o seu pai? E onde foi parar a casa? Aquela máquina do tempo realmente tinha funcionado? Não, talvez fosse algum sonho estranho...

Percebeu que não era sonho quando um barulho despertou os seus outros sentidos. Conseguia ouvir os passos de alguém se aproximando. Assustada, encolheu-se no chão à medida que a sombra de um homem surgia na grama baixa. Ele segurava um machado na mão, usava um sobretudo marrom, da mesma cor de seu cabelo e barba. *Pode ser um lenhador*, tentou se acalmar, mas o machado não era tão assustador quanto o olhar e o sorriso. Mônica conhecia bem aquela expressão, vinda de homens em motos e nas portas dos bares que ela passava pelo caminho de volta para casa. *Corra!* Cada nervo e membro gritava frente ao iminente perigo, mas o pânico a paralisou. Ele estava só a um metro de distância quando ela fechou os olhos. E foi quando ouviu um tiro.

Agora era o "lenhador" quem estava em pânico, tanto que deixou o machado cair enquanto corria na direção contrária. Ela finalmente conseguiu sentar e olhar em volta, tentando descobrir de onde tinha vindo o tiro. Foi quando notou, bem na entrada da clareira, um jovem que devia ter mais ou menos a idade dela, com roupas de época e talas pretas cobrindo o rosto e as mãos. Apenas os olhos eram visíveis. Mônica sorriu de nervoso, porque ele parecia uma mistura de ninja com um personagem de *Orgulho e preconceito.*

O rapaz apenas a olhou, virou-lhe as costas e saiu andando. Percebendo que ficaria sozinha, correu atrás dele, apesar de sentir as pernas falharem um pouco. Ele parou depois de um tempo e começou a falar em inglês, gesticulando para ela ir embora. Mônica não entendeu e continuou o seguindo.

— Me ajude, por favor! Não sei onde estou... O metrô fica perto? De lá, eu chego em casa.

O jovem balançou a cabeça negativamente, sem entender. Chegaram ao começo de uma cidade pequena, e Mônica percebeu que tinha mesmo viajado no tempo.

As mulheres usavam aqueles corpetes e vestidos de princesas, com sombrinhas e tudo mais. Os homens usavam sobretudos com botões e abotoaduras, além das botas de cano alto. Carroças e carruagens atravessavam a larga estrada de pedras lisas. Conseguiu ouvir algumas frases soltas dos transeuntes e percebeu que também não estava no Brasil, porque só se falava inglês. Após alguns segundos extasiada com o que via, soube que precisava focar e continuou logo atrás do "ninja de época".

Mônica começou a notar que as pessoas se afastavam quando ele passava. O rapaz finalmente parou frente a um portão de ferro branco, suspirou, abriu e deu caminho para que ela passasse à frente. Mônica recuou. Entraria na casa de um estranho? Bom, ele tinha salvado a vida dela, e o jardim da casa, logo depois do portão, não parecia o de um assassino. Roseiras brancas e margaridas se espalhavam em volta de um caminho de pedras que levava ao que a preocupava de verdade: o que estava atrás da porta vermelha, na suposta casa do esquisito que conhecera no mato.

Respirou fundo e entrou mesmo assim. Pelo peso nos bolsos, ainda estava com o *discman* e as pilhas. Se ele tentasse algo, ela o enforcaria com o fio do fone. Não relaxou quando a porta foi aberta.

A primeira visão foi a da enorme escada de mármore com corrimãos brancos que terminavam em caracol. O chão também era de mármore, e um grande lustre de prata com castiçais enfeitava o teto de gesso. As paredes eram o que contrastavam todo aquele branco, pois tinham um tom claro de bege, enfeitados de rosáceas feitas de gesso nas beiradas das paredes. Mônica virou um pouco o pescoço de lado e, depois da escada, teve um vislumbre de uma sala com lareira que ficava no fim do corredor. *Deve ser em uma casa assim que Beyoncé mora*, ela pensou, emocionada.

Enquanto Mônica ficava completamente extasiada, o "ninja" bufou, impaciente. Retirou o sobretudo e o colocou no armário branco ao lado da porta, que Mônica nem tinha notado que estava lá. Ele a olhou de relance e virou de costas para tirar as bandagens do rosto, pescoço e mãos.

Mônica estava muito entretida com aquela casa para notar o que ele estava fazendo, e o rapaz teve de tossir para chamar sua atenção. Quando o viu, seu queixo caiu ainda mais. Ele tinha manchas brancas ao redor dos olhos, nos dedos e no pescoço, mas o restante da pele tinha um tom de mogno, porém não foi isso que impressionou a garota. Ela já tinha visto pessoas com vitiligo[1] antes, só que ele era um colírio para os olhos e, como a própria Mônica descreveu em seus pensamentos, "um gato".

Ele revirou os olhos, desconfortável, sinalizou com as mãos para que ela esperasse ali e saiu corredor adentro.

Uma mulher alta entrou na sala; deveria ter uns quarenta anos e os mesmos traços do garoto e, pela cara de quem chupou limão,

1. Condição crônica caracterizada por manchas na pele.

tinha o mesmo temperamento. Ela bateu no vestido de seda vinho para ajeitá-lo. Passou a mão pelo cabelo crespo perfeitamente penteado em um coque e acenou para Mônica com um sorriso seco, apontando para o corredor do lado contrário do qual ela viera.

Mônica a seguiu, e entraram em uma sala com muita poluição visual. Havia dois sofás verde-lima, um de frente para o outro, com uma mesa quadrada de madeira entalhada entre eles. A lareira que Mônica tinha visto da sala, com um quadro com bailarinas em cima dela. Uma outra mesa maior, só que redonda, ao lado de uma grande janela, e quatro cadeiras. Havia também uma enorme estante cobrindo toda uma parede, com espaço apenas para uma porta vermelha no meio. *Marina amaria isso aqui...*, Mônica suspirou ao pensar.

A mulher apontou para o sofá e sinalizou para que Mônica aguardasse. *Pelo visto, o pessoal aqui gosta de fazer os outros esperarem.* Ela recostou a cabeça no sofá e olhou para o teto branco. Sempre quisera fugir da sua realidade, mas não esperava que fosse desse jeito. Até seria legal se Marina estivesse com ela, porém era muito provável que ela também estivesse naquela época, só que em outro lugar. Mônica se levantou do sofá e começou a andar em círculos em volta da mesinha, pensando em como encontraria a irmã.

Não demorou muito para se cansar e se jogar novamente no sofá, que era mais confortável do que sua própria cama. Porém, mesmo com sono, não conseguiu dormir pela tensão. Depois de algumas horas, a mesma mulher que a levara até ali retornou e a guiou até a mesa maior, em que havia geleia de morango, bolo de frutas, pães e chá em louças de porcelana.

Mônica só ficou encarando a comida, receosa. O pai dela não deixava que comesse sem permissão. Nem conhecia aquela mulher, parecia mais sensato esperar. Ela apontou com a cabeça, como se desse autorização. Mônica devorou tudo, não comia fazia mais de meio-dia, mas olhava de canto de olho para a mulher que a encarava com julgamento. Com isso, ela se endireitou na cadeira e tentou segurar o chá com os dedinhos levantados, o que fez a xícara quase cair.

Pouco tempo depois, um homem alto, loiro e de olhos azuis entrou na sala, cumprimentou a mulher com um sorriso e beijou-lhe a mão. O humor dela, antes ranzinza, suavizou-se. Claramente, eram casados e muito apaixonados.

— Perdoe-me, querida, não tive como regressar antes. Jack me contou sobre uma menina que se perdeu e que falava português. — Foi quando ele virou a cabeça para Mônica. — Seria a senhorita?

Mônica suspirou, aliviada por alguém falar português.

— Sim, sou eu, moço. Meu nome é Mônica, como em *Friends*, apesar de me identificar mais com o Chandler, e eu não lembro direito como cheguei aqui. Mas fugi de casa com a minha irmã e só me lembro de ter acordado em uma floresta... — Resolveu ocultar sobre a viagem no tempo, ninguém acreditaria nela. — Foi quando aquele garoto me salvou de um esquisitão.

O homem riu, parecia ter o riso frouxo. Mônica automaticamente gostou dele.

— A senhorita fala de modo engraçado, se me permite dizer. Aliás, pode me chamar de senhor Franklin. Esta é minha esposa, a senhora Franklin, e deve ter conhecido meu filho, Jack. O que ele lhe disse?

— Ué, ele não me disse nada. Ele não fala português.

— Ora, é certo que ele fala português. — O senhor Franklin sorriu. — Creio que ele só estava querendo ser indiferente... — Depois ficou sério. — Perdoe-me pela atitude do meu filho, espero que possa compreender... Ele já enfrentou muitas situações... desconfortáveis. Os motivos já deve entender.

— Quais motivos?

Mônica realmente não conseguia entender. O garoto era bonito, rico e tinha os dois pais. Qual tipo de problema ele teria?

— Ora. — O pai tossiu, desconfortável. — Não viu o rosto dele?

— Ele é bem bonito — disse impulsivamente e sorriu de canto.

Depois percebeu que estava falando com os pais dele e ficou constrangida.

O senhor Franklin deu o maior sorriso que Mônica já tinha visto em toda a sua vida. A esposa dele ficou sem entender, mas depois ele falou algumas palavras em inglês, e ela também pareceu se animar.

— Não quero ser intrometido. Entretanto, seria melhor entendermos de onde a senhorita veio e se tem a intenção de retornar para sua casa. Sei que sua família deve estar muito preocupada.

— Na verdade, não... Mas estou nervosa, porque não sei onde minha irmã está.

— Acalme-se. Gostaria de ouvir toda a sua história, porém já faz um tempo que anoiteceu, então poderemos retomar nossa conversa amanhã pela manhã. Durma no quarto de hóspedes. Aproveite para melhorar os ânimos. A senhora Franklin irá preparar as acomodações. Irei me aprontar para dormir também. Até amanhã, e se sinta em casa.

Mônica entrou no quarto e só conseguiu ver a cama de tão cansada, mas sua mente estava tão a mil que demorou a dormir. Pegou o *discman* no bolso e testou para ver se ele ainda funcionava. Suspirou quando a luz acendeu e começou a tocar *Beggin*, de Måneskin. Nem o ritmo nem a letra combinavam com a situação, entretanto poder ouvir algo da sua época já era o bastante para fazê-la relaxar nem que fosse só um pouco.

Pela manhã, iria embora. Se não pudesse estar com a irmã, então se viraria melhor sozinha.

HIT THE ROAD JACK

RAY CHARLES

Mônica acordou preguiçosamente. Parecia estar dormindo em uma nuvem. Olhou para os lados, meio confusa. Esqueceu-se de que tinha voltado no tempo e por um segundo pensou estar em casa, mas logo desanimou.

A porta do quarto estava entreaberta e viu um vulto correndo. Levantou-se rápido, assustada, e fechou a porta. Teve algum tempo para analisar o quarto. Ele era grande, tinha as paredes brancas e o chão era de porcelanato. Havia uma janela que tinha vista para um jardim nos fundos que ela nem sabia que existia. Uma mesa branca com papéis, caneta e tinta, um vestido posto na cadeira. *Provavelmente deixaram ele aqui para eu vestir*, Mônica pensou, e seu raciocínio parou quando viu uma banheira. *O que isso está fazendo aqui? Eles tomam banho dentro dos quartos? Aliás... estou com medo de perguntar como seria o banheiro...*

Foi só pensar nisso que começou a ficar apertada e pôs a cabeça para fora do quarto, procurando alguém para lhe mostrar o banheiro. A pior opção apareceu, o tal Jack, o garoto ignorante. Ela saiu do quarto e parou frente a ele, mas nem conseguiu pedir ajuda, porque ele já estava falando.

— Ainda está usando essa roupa?

— Ora, ora, agora fala meu idioma?

Ela cruzou os braços.

— Perdão pela minha indiscrição. — Ele se virou, já quase andando. — Com sua licença.

— Não tem minha licença, não. — Ela o segurou pelo braço, e ele arregalou os olhos. — Onde fica o banheiro? Toalete, sei lá...

Ele puxou o próprio braço, desvencilhando-se dela, visivelmente transtornado.

— Não sei de que lugar estranho você veio, porém peço que não me toque mais. É indecoroso.

— Indecoroso? O que significa? Quer saber, não me importo. Vou respeitar seu espaço, ok? Apenas me leve ao banheiro.

Ele bufou e apontou o caminho. Eles desceram a escada e viraram na direção oposta à sala. Mônica abriu a porta e viu um baú com um buraco encostado na parede. Olhou para o baú e olhou para Jack saindo. Olhou de novo para o baú e aí para Jack.

— Oi, oi, oi! Peraí! Acho que esse é o lugar errado!

Ele passou a mão pelo curto cabelo crespo, já nervoso, e deu meia-volta.

— Qual seria o problema?

Quem conhecesse Jack saberia que ele estava se esforçando muito para ser educado.

— É um nojo, consegue ser pior do que o da minha escola. E olhe que lá as portas foram quebradas da metade para baixo! — ela disse, enfática, e ele arregalou os olhos com tamanha indiscrição.

— É só não usar. Agora, se me der licença...

E saiu andando apressado, ignorando todos os chamados dela.

Usar aquele "banheiro" foi a maior vergonha que Mônica já tinha passado na vida. Ficou feliz por Dominick não estar lá para rir dela. Se bem que tinha planos de contar cada detalhe daquela viagem no tempo quando voltasse, mesmo sabendo que ela não acreditaria em nada.

Voltou para frente da escada e decidiu ir para sala onde estavam a senhora Franklin, o chato Jack e uma menina que não tinha visto antes.

— Bom dia a todos.

Jack respondeu em português, mas a mãe e a possível irmã de Jack responderam em inglês.

A menina sorriu para ela. Parecia legal, tinha a cor de mogno da mãe e os olhos azuis do pai. Deveria ser uns dois anos mais nova do que Mônica e usava um vestido rosa de mangas bufantes.

— Esta é a minha irmã, senhorita Leona Franklin.

A menina fez uma reverência que Mônica tentou imitar, mas se atrapalhou toda, e Leona deu uma risadinha.

— Ela parece ser bem mais gentil do que você — Mônica disse, sentando-se no sofá ao lado da senhora Franklin.

Ele franziu o cenho, e Leona pareceu perguntar o que Mônica havia dito. Jack explicou em inglês, e ela riu novamente. Parecia ter puxado o bom humor do pai.

A senhora Franklin disse algo para Jack, e ele pareceu irritado. Pelos gestos, deu uma bronca nele. Mônica sentiu uma pontada de inveja — queria ter tido uma mãe, mesmo que fosse só para lhe dar sermão.

— Minha mãe disse para lhe mostrar a casa. — Ele saiu pelo jardim sem olhar para trás, e Mônica o seguiu. — Para aquele lado, fica o estábulo e as carruagens. Daquele lado, os canteiros de flores, onde fazemos piqueniques. Do outro lado, o portão...

— Calma, cara. Me mostre devagar. O que é um estábulo?

— Não sabe mesmo o que é um estábulo? — Jack a olhou, incrédulo, e ela balançou a cabeça em negativa. — É um lugar para guardar os animais, mas só temos cavalos, então é chamado de cavalariça.

— Que legal! — Os olhos dela brilharam. — Vamos vê-los!

Tudo é impressionante para essa garota inconveniente..., Jack pensou e saiu caminhando na frente até chegarem ao estábulo. Mônica se aproximou, abriu a porteira e viu os três cavalos.

— Não precisa entrar. — Jack bufou.

Mônica passou pelos dois cavalos brancos e foi direto no amarelo, o que o menino achou curioso, já que todos preferiam os brancos.

— Qual é o nome dele? — ela perguntou sem tirar os olhos do animal.

— Areia.

— Combina com ele.

Mônica estendeu a mão para fazer carinho nele.

— Então você gosta de cavalos?

— Eu nunca tinha visto um...

Ele franziu o cenho. *Ela deve ser muito pobre*, concluiu.

— Ele pareceu gostar de você, depois retornamos aqui. Ainda preciso lhe mostrar o restante da casa.

Ela começou a cantarolar *Hit the road Jack*, e o rapaz arregalou os olhos de espanto.

— Está me expulsando da minha própria casa? — Jack perguntou, referindo-se ao refrão.

— Ih, é, seu nome é Jack, né? — Mônica estalou os dedos. — Eu tinha me esquecido. Não ligue para letra, é só uma música que acho contagiante.

— Não me engane, a senhorita a criou agora para me irritar.

— E eu lá tenho cara de Ray Charles? — Ela bufou ao tomar a dianteira. Eles atravessaram o jardim. Parecia perto do meio-dia, porque o sol estava extremo. — Jack, não está com calor com todas essas roupas?

Ele parou e a olhou, furioso.

– Me chame de senhor Franklin.

– Mas esse é o seu pai, e você é muito novo para ser "senhor". Temos a mesma idade.

– É uma questão de educação, algo que certamente não recebeu.

– Ora, seu... – Ficou com raiva e depois confusa. – Mas espere um pouco, por que sua mãe é a senhora Franklin e a sua irmã senhorita, mas tanto você quanto seu pai são senhores? Já que não é casado, não deveria ser chamado de "senhorito"?

Jack riu com muita vontade. Não esperara por isso. Mônica acabou rindo também, não pelo que dissera, mas pela risada contagiante dele.

– A senhorita é engraçada.

– O "senhorito" tem um sorriso bonito, devia usá-lo mais.

Porém, ele ficou sério de repente e seguiu andando. Entraram novamente na casa, e a senhora e a senhorita Franklin ainda estavam sentadas no sofá, dessa vez, bordando, e Leona acabou se espetando. Jack parou frente à porta vermelha, no meio das estantes, e a abriu. Mônica não conseguia acreditar no que estava vendo.

AQUELA MÚSICA DA "ESCOLA DE ROCK"

Um piano preto de cauda longa. Para Mônica, apenas estar no mesmo cômodo que aquele instrumento era o ápice de toda sua vida. O bastidor, que servia para regular a tensão das cordas, era como um coração pulsante que a chamava para perto.

Jack estranhou todo aquele silêncio depois de tanto estardalhaço pela manhã, mas não disse nada e circulou pela sala, deixando Mônica estática frente ao piano.

Ela nem ousava tocá-lo. Era como se ele fosse uma bolha de sabão que se desfaria no ar com qualquer movimento. Ela pôs a mão na tampa e sentiu um arrepio percorrer seu braço. Deslizou os dedos até chegar no teclado e paralisou ao ouvir.

— A senhorita toca?

— É como perguntar se um ciclista consegue dirigir uma moto.

— Como?

— A resposta é talvez...

Mônica respirou fundo e se sentou no banco, mas aí se lembrou de Marina e de como era errado estar se divertindo daquela forma sem ela ao seu lado. Sentindo-se culpada, cerrou as mãos em punhos, depois as abriu e as enfiou nos bolsos da calça, saindo em silêncio da sala em que tinham acabado de entrar. Queria ser mais confiante e despreocupada, como seu herói favorito da Marvel, Peter Quill. Só que ele andava com um *walkman*, e ela, com um *discman*. Ele via o espaço, e ela se sentia presa.

Jack apenas observou e continuou na sala de música, fitando algumas flautas que tinham sido do seu avô. Enquanto isso, Mônica se sentou à mesa da sala e tomou o tardio café da manhã, que tinha sido evitado antes para que ela conhecesse a casa.

Fechou os olhos enquanto tomava um chá e pensou no que a acalmava além da música. Lembrou-se de como se sentia quando estava no ônibus, meio apática e melancólica, mas com um frio gostoso na barriga. Mônica amava andar de ônibus, todavia evitava porque não conseguia ver os números muito bem. Eles se embaralhavam toda vez que se esforçava e se recusava a perguntar para outra pessoa qual era o número.

O que era para acalmá-la a irritou, porque a fez lembrar o quanto era péssima em matemática pelo mesmo motivo. Mordeu uma ameixa com tanta raiva que ela espirrou água em seus olhos. Mônica resmungou enquanto os limpava com a barra da camisa. A senhora Franklin assistia à cena, horrorizada. *Quem educou essa menina?*

Com esse pensamento, foi ao encontro do senhor Franklin assim que ele chegou em casa.

— Essa menina parece ter sido criada em algum bordel. Não quero que influencie Leona.

— Calma, querida. A pobrezinha não tem culpa da criação que recebeu. Vou conversar com ela e veremos o que podemos fazer.

Encontraram-na dormindo no chão da sala, de ponta-cabeça, com os pés descalços apoiados no sofá. Ela roncava baixinho, como se não dormisse havia dias. O coração da senhora Franklin amoleceu um pouco, mas logo voltou à sua rigidez natural.

— Ela nem vestiu o vestido que pus no seu quarto, continua com esses trapos velhos — sussurrou no ouvido do marido.

— Procure entender também. É muito provável que essa criança nunca tenha colocado um vestido em toda sua vida...

A senhora Franklin bufou, triste, e a cutucou de leve ao se agachar do lado de Mônica. Ela, por sua vez, acordou com um sobressalto, sacudindo os braços, depois de ter sonhado que caía no céu.

— Ah, senhora Franklin... Senhor Franklin...

Ela se levantou, bateu a poeira de sua roupa e se sentou no sofá de frente para o casal.

— Mônica, iremos abrigá-la pelo tempo que for necessário... Mas precisamos entender um pouco mais sobre sua família. Qual é o trabalho do seu pai? É de origem portuguesa? Presumi pelo seu idioma, apesar do seu cabelo denunciar uma origem escocesa, talvez? Como saiu de casa e de que forma se separou da sua irmã?

Ela definitivamente não poderia ser completamente honesta com ele, apesar da gentileza. Com toda certeza, pensaria que ela era doida e a internaria no mesmo instante. Então, procurou adaptar as respostas de forma que ele não estranhasse:

— Bom, meu pai é... um homem da ciência, um acadêmico — disse na esperança de que isso já existisse. Quando o senhor Franklin concordou com a cabeça, ficou aliviada e prosseguiu: — Eu sou, é... de uma colônia na América do Sul. Mas meu pai precisava fazer alguns experimentos e trouxe eu e minha irmã para cá... Ele sempre foi muito violento, já até me deu uns tapas, mas com a minha irmã era pior... — Mônica esfregou os dedos nervosamente e olhou para baixo. — Não é como se doesse em *mim*, mas, de alguma maneira, *dói*. As "descobertas" dele eram testadas nela, sempre.

Horrorizado, o senhor Franklin cochichou no ouvido de sua esposa a tradução e, ao ver a expressão de assombro no rosto dela, Mônica se encolheu na cadeira, envergonhada e surpresa. Era a primeira vez que alguém parecia acreditar nela, mas achou melhor contar logo tudo de uma vez:

— Eu... só aproveitei um momento de distração e tentei salvá-la. Eu *tentei*... Mas uma explosão separou a gente. Eu tenho certeza de que ela não está mais lá. E preciso da sua ajuda para encontrá-la.

— Mas é claro. O que eu poderia fazer?

— Cartazes, milhares deles. Com meu rosto estampado.

— Como assim?

— Somos gêmeas, minha irmã e eu.

— Ah, compreendo. Só vou pedir um favor enquanto estiver aqui... Minha esposa está preocupada, bem... com o tipo de educação que recebeu e como isso poderia influenciar nossa filha. Portanto, seria muito positivo que assistisse às aulas particulares gerais e de etiqueta junto a Jack.

— Eu faltei com o respeito, minha senhora?

Mônica franziu o cenho para a senhora Franklin. Sabia que o que o homem estava dizendo, com muita educação, era que ela era mal-educada. O que, de certa forma, era verdade, porque o pai a negligenciara mesmo, mas ainda assim não aturaria alguém lhe dizendo isso indiretamente.

— Longe disso... — o senhor Franklin interveio, sacudindo os braços e deixando de traduzir essa parte para esposa, a fim de impedir o que seria uma discussão bem acalorada. — Você ainda é uma criança, e não sabemos quanto tempo ficará conosco. Queremos ajudar no que for possível, e não ter desmazelo com seus estudos.

Mônica acenou positivamente com a cabeça, pensando que se perguntasse o que era "desmazelo" só confirmaria que era meio burra mesmo. Ela estendeu a mão para o senhor Franklin, e ele riu da atitude dela de parecer adulta.

Seria bom aprender sobre música em vez de matemática ou qualquer uma dessas besteiras. A única escola que a interessava era a *Escola do Rock*, que, aliás, eram um dos filmes preferidos de Mônica, bem ao lado de *Yesterday*.

Por que eu não fiquei com um iPod? Tem poucas músicas no discman... Só conseguia se lembrar do refrão da música final do filme. *Mas que letra seria melhor do que "rock não razão, rock não tem rima"?*

𝄞

Demorou dois dias para o tutor chegar. Nesse meio-tempo, Mônica ia do quarto para o jardim, para a cavalariça e depois de volta ao quarto, evitando Jack o máximo possível. Não era porque não gostava dele, mas ele sempre a olhava estranho, como se só o fato de ela estar lá fosse um inconveniente. Se era desprezo que ele dava, era isso que receberia.

Finalmente experimentou o vestido. Apesar de se sentir um pouco estranha, tinha de tomar banho e suas roupas estavam um lixo. Além disso, com o novo figurino, poderia fingir que estava em *Barbie: rainhas do rock*. A banheira em seu quarto era gelada por conta do metal. Mas Mônica recusou a ajuda para buscar a água quente e levou dois baldes com muita dificuldade pelas escadas, deixando um rastro escorregadio para trás.

O tal vestido tinha a cor vinho e era simples, sem muitos frufrus e laços, como os de Leona. Tudo bem vestir algo que, pelo jeito, era de segunda mão. Aquele pessoal nem a conhecia e já dava roupas melhores do que aquelas que seu pai comprava no brechó.

Quando o tal professor chegou, Mônica ficou de queixo caído na sala de visitas. O cara era completamente lindo, com traços indianos e parecido com Dev Patel, com uns vinte e poucos anos e óculos. Ele ainda usava uma roupa que lembrava a do príncipe de

A bela e a fera, com uma bolsa de couro transpassando no ombro e exalando um ar imponente. Será que naquela época só existiam pessoas bonitas? Mônica sentiu que estava ficando para trás e ajeitou o cabelo e o vestido.

Ela e Jack seguiram o professor até uma sala que Mônica não tinha visto antes e que, para ela, parecia saída de um museu. Havia quatro cadeiras estranhas, com um suporte semelhante ao de partituras, só que para livros, e um dos braços se esticava até uma base para vela. Eram cadeiras de leitura.

Jack se sentou com naturalidade, mas Mônica se enrolou, deu três voltas e quase caiu para se encaixar no banco. Havia um cavalete prendendo vários papéis grandes em frente aos dois. O professor se posicionou ao lado dela e logo revelou:

– A senhora Franklin me explicou a sua situação. Mônica, não é mesmo? Deve estar imaginando como eu posso ser professor com esta aparência.

– Na verdade, sim, porque, sendo um gato desses, deveria ser modelo.

– Gato? – Jack estranhou.

– Modelo? – o professor questionou. – Você fala de um jeito peculiar, mas imagino que deve estar me elogiando. Meu nome é Raj Smith. Sou professor formado pela Universidade de Alazar, no Egito. Apesar da minha chegada na Inglaterra ter sido motivada por uma ideia desvairada de estudar em Cambridge, que ainda não aceita "pessoas como eu" – falou entredentes –, acabei me sustentando como professor. Se fosse na Índia, estaria como um importante aristocrata... – Ele olhou para cima, como se questionasse suas decisões. Mônica logo pensou que ele era o tipo de professor que passava a aula inteira falando da própria vida. – Mas, enfim, minha esperança é o nosso Jack aqui. Com a inteligência que tem, poderia ir para Oxford, como o pai dele.

Jack se encolheu, e Mônica percebeu que ele talvez quisesse ir para tal faculdade, mas não gostava que mencionassem isso.

— Soube que seu pai também é um homem da ciência, Mônica. Onde ele estudou?

Dessa vez, foi ela quem se encolheu.

— Não sei dizer — desconversou, olhando para o chão.

Jack reparou que não sabia muito sobre ela e que seus pais o privaram de informações. Era estranho, porque aquela parecia a primeira vez que ela não tinha nada dizer.

— Bom... — O professor Smith queria interromper o momento constrangedor. — Começaremos com aritmética.

Ele se levantou e virou o bloco de papéis do cavalete, revelando uma lista de fórmulas.

Mônica bufou baixinho e errou todos os exercícios, mas o professor a consolou, dizendo que só assim daria para ver seu nível e que procuraria algo mais fácil para ela. *Eu não quero perder para Jack. Agora que ele vai achar mesmo que é melhor do que eu.*

A aula acabou com o seu rival gabaritando todos os exercícios; inclusive bocejara diversas vezes, demonstrando um tédio enorme. O professor foi o primeiro a se retirar da sala, depois de revisar geografia e passar exercícios de inglês para Mônica começar a aprender o idioma.

— Escute, senhorita... — Jack pegou seus livros e se levantou. — Qual é o real problema aqui?

— O que quer dizer?

— Bom, estive a observando durante a aula. — Ele passou a mão pela própria nuca. — E algo parece distraí-la. Além, é claro, da beleza do professor. — Ele revirou os olhos. — Você franziu a testa quando fazia os cálculos. Não enxerga direito?

Mônica parou um minuto para pensar. *Ele notou a discalculia... Será que conto? Ele parece ser o tipo de pessoa que zombaria de mim. Mas, em breve, vou voltar para minha época. Então que diferença faz se esse garoto que nunca mais verei na minha vida souber o meu maior segredo?*

– Eu tenho um problema com números... Quanto mais me esforço para vê-los, mais eles se embaralham. O doze, por exemplo, enxergo como vinte e um. E, para falar a verdade, nunca falei sobre isso com ninguém, mas, como não vamos precisar conviver por muito tempo, não custa nada contar para você.

– Ah, compreendo. – Ele pôs a mão no queixo. – Quer minha ajuda com isso?

Mônica entortou a cabeça.

– Hã?

– Tem problemas de audição também?

Agora sim ele voltou ao normal, mas o que ganharia me ajudando? Mônica começou a ficar na defensiva.

– Não me acha burra?

– Claro que acho, em muitas categorias. – Ele deu um sorriso debochado. – Mas não em matemática. Essa é só uma barreira que a senhorita precisa superar. Tolo seria subestimá-la.

YOU MAKE ME FEEL LIKE
ARETHA FRANKLIN

Na casa dos Franklin, Mônica sempre acordava sentindo cheiro de pão quente e limão sendo espremido, mas, nas duas semanas que estava ali, percebeu que ainda não tinha ido à cozinha. Vestiu com a maior facilidade um vestido azul-caneta que estava um pouco desfiado e saiu investigando a casa, com seus tênis All Star pretos, indo atrás do cheiro delicioso.

Não soube como chegou ao cômodo depois de dar a volta pela sala de música, virar nos estábulos e acabar na sala de leitura. Mas, de algum jeito, encontrou a senhora Franklin com um vestido rosa-claro acetinado coberto por um avental cinza.

— Mônica! — Ela já estava entendendo algumas frases em inglês. — Quer me ajudar?

— Sim.

Mas a menina ainda não sabia falar o idioma tão bem.

A senhora Franklin apontou para as frutas e a faca. Mônica logo entendeu e as picou para colocar no bolo de frutas. *Muito porcamente*, notou ao perceber que não tinha muita experiência com culinária depois de passar a vida comendo muita comida processada, comprada pelo pai. Ao se lembrar do pai, pensou no senhor Franklin e no porquê ele passava tanto tempo fora de casa.

— Com o que o senhor Franklin trabalha?

O ânimo dela decaiu muito rapidamente, Mônica notou que era como um *jazz* agitado que virou um *blues* em só uma virada na bateria. A dona de casa olhou para baixo e suspirou.

— Ele é cocheiro.

— Como? É aquele trabalho em que o homem guia os cavalos da carruagem? Tipo em Cinderela... Mas sua casa é enorme, como isso é possível?

Mônica misturou o inglês com o português, entretanto a senhora Franklin conseguiu entender.

— A minha história com meu marido é complicada... Deve ter notado, pela minha cor, que não sou uma senhora comum. — Cada palavra saía como se lhe cortasse a garganta. — Meu pai veio da Jamaica, conseguiu a liberdade por métodos árduos, que foram tão dolorosos que ele nunca chegou a me contar. Infelizmente, minha mãe não teve a mesma sorte e morreu quando tentaram levá-la em um navio de escravizados para as Américas. — Ela fez uma pausa e fungou, sem conseguir olhar diretamente para Mônica. — Eu cresci na Inglaterra. Meu pai começou de muito baixo, como acendedor de poste. Eu era muito pequena, então não me lembro tão bem, mas a luz... era acolhedora quando ele a acendia. As posses começaram a surgir quando eu era uma mocinha, como você, e meu pai herdou duas lojas de tecelagem de um amigo indiano, que acabou morrendo. Infelizmente, o negócio não foi tão bem, já que as pessoas se recusavam a trabalhar para o meu pai, por conta da cor dele. Eu lembro o quanto ele sofreu. Foi uma época difícil para nós, porém um aristocrata riquíssimo comprou as duas lojas por um valor muito além do normal. Papai sempre teve uma boa visão para investimentos e comprou vários terrenos, que mais tarde vendeu pelo dobro do preço.

— Então a pessoa rica na família é a senhora, e não o senhor Franklin?

— Me permita terminar de falar, garotinha ansiosa... — Foi o primeiro sorriso que deu desde que começara a contar a história. — Meu marido era um jovem adorável. Nos conhecemos quando ele quis negociar um terreno com o meu pai. Eu diria que foi amor à primeira vista, para nós dois. — Ela suspirou. — Ele era barão, título que herdou do pai. Nós conseguimos um pastor solícito, que nos casou na Escócia, mas a nobreza não ficou nada satisfeita e lhe tirou o status de barão e os sítios que dirigia. Ainda assim, ele tinha muitas terras que herdou do pai e ainda conseguiu os do meu pai, depois do casamento. Portanto, ele não precisa trabalhar, mas sempre insiste, dizendo que nossas posses não durarão para sempre.

— E onde está seu pai agora?

— Morto. — Engoliu em seco. — Mas sobre isso prefiro não contar. — A pausa durou até o silêncio ficar desconfortável. — Leona ainda não acordou. Por que não leva esse pedaço de bolo para Jack? Depois podem brincar lá fora.

A senhora Franklin bagunçou os cachos da menina ao lhe fazer um pequeno cafuné, seguido de tapinhas nas costas dela, para que se apressasse.

O peso daquelas palavras não sairia da mente de Mônica tão cedo. Ainda mais depois da forma tão estranhamente doce e compassiva com que ela havia compartilhando sua história. Era como ouvir Aretha Franklin dedilhando um piano, com uma voz suave e uma história com esperança de dias melhores. *Jack e Leona têm sorte de tê-la como mãe.*

Mônica saiu dali apressada e se animou ao ver uma bola de couro jogada no jardim. Em seguida, avistou Jack na sacada do quarto, olhando para baixo. Ela balançou os braços para que descesse, mas ele fingiu que não a viu e olhou para o céu. *Não estou tendo nenhum segundo de paz desde que ela chegou.* Ainda assim, o garoto foi para o jardim a contragosto, sabendo que a mãe logo gritaria.

– Vamos bater uma bola?

– "Bater na bola"? Conhece esse jogo?

– Futebol! Também conhece?

– Nunca ouvi falar, mas vou mostrar.

Ele pegou a bola de couro depois de enfileirar algumas garrafas no outro canto do gramado. Posicionou-se e a jogou em direção a elas.

– Boliche! – Mônica gritou, batendo palminhas. – Não sabia que já existia.

– Não sei que nome é esse, mas quer tentar?

Jack ficou animado por finalmente conseguir jogar com alguém que não fosse o pai. Mônica ergueu um pouco a barra do vestido para se mover melhor. O dia estava nublado, então o garoto não precisaria proteger a pele com as talas.

– Agora que jogamos o seu jogo, vou mostrar o meu! – Mônica pegou duas garrafas e fez um gol improvisado. *Acho que estou inventando o futebol moderno*, pensou com um sorriso. – Agora você usa os pés para chutar a bola e tem que acertar entre as garrafas, e eu não posso deixar. Depois a gente troca e eu que chuto. Alguma pergunta?

– Gosta de perder?

Ele sorriu e deu o primeiro chute.

Os dois jogaram pelo que pareceu ser duas horas, mas que, na verdade, foram apenas trinta minutos. A senhora Franklin ia chamá-los para comer, porém, ao ver a animação das crianças, apenas deixou o café da manhã na mesa redonda para quando eles se cansassem.

Algo que não demorou muito, já que eram sedentários para a idade, e caíram no gramado completamente sujos e descabelados.

Levantaram-se com calma, e o garoto sorriu. Era o sorriso mais aberto e sincero que Mônica tinha visto em Jack desde que se conheceram. De repente, ele não era tão irritante assim.

Ele se curvou para pegar a bola, e Mônica notou uma mancha branca na nuca dele. Inocente, imaginou o quão macio o pescoço dele parecia e, com cuidado, passou três dedos de leve sobre a pele. Jack sentiu um arrepio percorrer cada centímetro de seu corpo. Mônica percebeu, e ele já subiu erguendo a bola, irritado.

– Você não tem um pingo de decência?! Já lhe disse para não me tocar!

– Espere...

Ela se assustou, porque também não conseguiu entender o motivo de sua mão ter ido de encontro a ele; era como um imã. Como se desculparia por um reflexo?

– Não quero ouvir uma palavra!

Jack saiu irritado e bufando, com a bola embaixo do braço. Ele subiu a escada passando a mão pela nuca, que continuava arrepiada. *Irritante! Garota irritante!*, pensou com o rosto queimando e vermelho.

KILL THIS LOVE
BLACKPINK

Com apenas onze anos, Leona era uma menina doce, mas escondia um segredo que ninguém da família sabia. Em uma caixa de joias que havia pintado de verde-lima e bordado o forro com desenhos de rosas amarelas, uma pilha de cartas a esperava todo fim de tarde.

Depois de horas bordando e aprendendo etiqueta com a mãe, ou das intensas leituras de romance nas aulas de literatura inglesa com o professor Smith, Leona só tinha olhos para sua amiga por correspondência. Era uma lástima para ela guardar tantos segredos para si, pois, diferente da mãe, se pudesse, contaria toda a história de sua vida na praça da cidade.

Mônica parece confiável, mas ela passa muito tempo com Jack, e tenho certeza de que ele zombaria das minhas cartas. Por outro lado, eles não parecem se dar tão bem a ponto de ela contar para ele... Ah, como eu queria ter a mesma confiança do meu irmão para tomar certas decisões, Leona pensou, jogando-se na cama, observando as pequenas sapatilhas suspensas com os pés para cima.

Ela coçou a cabeça e, percebendo que o cabelo crespo estava desarrumado, foi até a penteadeira. Ao olhar pela janela, ao lado do espelho, notou que logo abaixo, no jardim, Mônica estava completamente suja e parecia triste.

Desceu as escadas e notou que o irmão subia furioso, com uma bola de couro embaixo do braço, também sujo. Foi com cuidado até o jardim, recuou e entrou novamente em casa, mudou de ideia e finalmente foi até Mônica. Enquanto isso, a ruivinha olhava para Leona com confusão, pensando por que ela ficava indo e voltando sem dizer uma palavra.

— Por que você parece triste?

— Eu não estou triste — disse Mônica, triste.

— O que meu irmão fez dessa vez?

— Na verdade, não foi ele. Eu sou uma pessoa meio... confusa e afobada.

— Afobada?

— Esquece. Me conte, o que tem de bom?

— De bom? Não sei, mas o que acha irmos para o meu quarto? Tenho um segredo para contar.

O ânimo de Mônica melhorou na hora. Amava uma boa fofoca.

Ao entrar no quarto de Leona, percebeu que não era muito diferente do seu, exceto por alguns toques singulares. Os lençóis tinham alguns bordados meio tortos, que a própria dona devia ter feito. A cadeira tinha um acolchoado rosa e as cortinas eram de tafetá coral. *Só falta um pôster de boy band e um computador gamer para isso aqui virar o quarto de uma adolescente do século XXI*, Mônica pensou ao sentar na cama enquanto Leona retirava as cartas da caixa.

— Vou pedir para não contar isso nem para meus pais, nem mesmo para meu irmão... — Ergueu as sobrancelhas, preocupada, esperando uma promessa.

— Eu não falo nada, juro. Agora desembucha.

— Desembuchar? Enfim, iriei lhe contar: já faz seis meses que tenho uma amiga por correspondência.

Leona sorriu timidamente, esperando que Mônica se animasse, mas ela só respondeu calmamente.

— Ah, sim... Legal! — Mônica abraçou um travesseiro. — E como ela é?

— Então, há seis meses chegou uma carta de uma menina de doze anos de Londres. Ela se chama Amanda e temos muito em comum. Ela ama bordar e toca violino... Se bem que não sou muito boa em música.

— Mas por que essa amizade deveria ser um segredo?

— Bom... Minha mãe sempre tem medo de que me aproxime de outras crianças. Acho que ela pensa que vão me machucar.

Mônica percebeu naquele instante que, desde que passara a se hospedar ali, ainda não tinha visto ninguém da família, exceto pelo pai, sair daquela casa. Deveria ser difícil viver em uma época tão preconceituosa. Compreendia o medo da mãe, mas notou que Leona ainda não entendia bem o porquê de tanta proteção.

— Você tem uma mãe que a ama muito, aproveite isso. Entendo que queira ter algo precioso que queira guardar só para você, mas conte pelo menos para ela. E você não acha estranho que uma garota praticamente da sua idade saiba seu endereço?

— Não... Por ter vindo de família de classe mais baixa, não deve entender, mas todas as famílias ricas têm os nomes dos membros bem divulgados. Onde aprendeu a ser tão desconfiada?

— Aprendi ao nascer. A pessoa em quem mais devia confiar é quem mais trai minha confiança. Mas também entendo você querer proteger sua amizade. Eu deixei uma amiga lá no meu país, o nome dela é Dominick. Bom, o assunto já está indo para mim, quero focar nas cartas. Deixe eu ler? — Leona as estendeu, receosa. Mônica as pegou e as leu com cuidado. — Nossa! Garota, você tem um humor bem ácido — disse, sacudindo a última carta. — Tenho que confessar que não entendi muito bem, ainda estou aprendendo sua língua. Mas você tem todo o estilo descolado de fã de K-POP! Já a imagino ensaiando as coreografias e tudo!

— K-POP? O que é isso?

— É um gênero musical. Espere um minuto, vou buscar meu *discman*. Tenho um segredo para contar a você também. — Mônica correu até o quarto e pegou o aparelho. — Está vendo isso aqui? — disse, ofegante, ao fechar a porta do quarto de Leona. — É tipo uma caixa de música.

— Caixa de música?

— Ih... Isso ainda não existe? Porcaria, vai ser mais complicado explicar. Esta máquina reproduz música. O nome disso na ponta é fone. Você pode ouvir sem que outras pessoas do lugar ouçam. Coloque.

Leona ficou com medo, mas Mônica a tranquilizou, colocando primeiro para mostrar que era seguro.

Ao pôr os fones na menina, Mônica selecionou a faixa de *Kill This Love,* de Black Pink, depois começou a rir ao ver Leona arregalando os olhos e em estado de choque.

— Este aparelho é fabuloso! — ela gritou, e Mônica tirou o *discman* dela, antes que continuasse gritando. — Onde o encontrou? Irei pedir para papai me comprar um!

— Calma aí. Então, isso não é vendido no seu país... Se bem que no meu também é raro encontrar. De qualquer forma, vou pedir para manter isso entre nós duas.

Leona acenou positivamente com a cabeça, sentindo o mesmo calor no coração de quando recebera a primeira carta de Amanda. Finalmente, estava fazendo uma amiga, de carne e osso. E, apesar dos modos rudes, elas poderiam brincar e compartilhar segredos. Mônica se despediu e deixou Leona no quarto com uma felicidade que mal cabia no cômodo.

O restante da tarde de Mônica foi focado especialmente em sua respiração, que parecia uma chaleira apitando de ansiedade. A menina se sentou nas escadas de mármore de frente para porta, como se esperasse uma encomenda da Amazon, mas seu coração pulou quando ouviu a maçaneta girar e deu de cara com o senhor Franklin.

— A encontraram? Alguma notícia? — O homem ficou aflito ao ver o brilho de esperança encher os olhos da garotinha. Suspirou e declinou com a cabeça. — Mas e se espalhar em mais cidades?

— Mônica. — Ele suspirou profundamente ao sentar ao lado dela na escada de mármore. — Toda Inglaterra já deve conhecer o rosto da sua irmã. Paguei para espalharem cartazes em todos os condados.

— Mas... O senhor não entende, precisamos encontrá-la logo. Ela é inocente demais. Diferente de mim, vai se meter em enrascada. Marina é frágil e provavelmente vai confiar em qualquer um que lhe dê um prato de comida. — A garota chorou, pela primeira vez na vida, na frente de alguém. — Preciso protegê-la...

— Ei, é muito nobre da sua parte, mas a sua irmã *não é* sua responsabilidade. Olhe para mim — ele disse em um tom sério, porém carinhoso. — Você também é uma criança, mas ainda assim nos encontrou, não foi? Sua irmã pode ter tido a mesma sorte. Fique mais tranquila; cedo ou tarde, ela verá um dos cartazes e virá ao seu encontro. Além disso, esta casa está cheia de pessoas que amam você.

— E o Jack — a menina completou.

Os dois riram, e Mônica se sentiu um pouco mais aliviada.

— Vamos fazer o seguinte: depois de amanhã, não precisarei guiar nenhuma carruagem. Não seria legal fazermos um passeio com toda a família?

Mônica cerrou os olhos, ele estava a incluindo na família? Os outros membros da família saíam com frequência? Para onde iriam? Se bem que Jack estivera no meio do mato naquele dia com uma arma... O que exatamente um garoto de treze anos fazia armado na mata? Essas e outras perguntas borbulhavam na cabeça ruiva de Mônica, mas ela achou melhor não as fazer, com medo de ser ainda mais inconveniente. Por isso, só confirmou com a cabeça e foi para o quarto, a fim de dar ao senhor Franklin privacidade com os filhos e a esposa.

Mas, em vez de se deitar, Mônica andou pelo quarto. Ainda tinha muito no que pensar. Abriu as cortinas verde-lima e olhou para o jardim. Já estava bem escuro, porém as luzes das chamas nos postes da rua iluminavam parte da grama. Quando Mônica forçou um pouco os olhos, notou que alguns vaga-lumes flutuavam em volta das flores. Ela pôs os fones e começou a ouvir *Hit the road Jack*, de Ray Charles. Não importava se dissessem que a música era velha; ali, por volta de 1720, era até moderna demais.

Ela se debruçou no peitoril e imaginou o que Marina estaria pensando, se ela tinha uma cama confortável e um prato com comida quente. Pensou também em si mesma e se finalmente conseguiria aprender matemática. Jack havia prometido ajudá-la, mas, depois da explosão de raiva daquela manhã, achava muito difícil que ele fosse solícito, dado o gênio forte.

Mas não foi o que viu na manhã seguinte, já que o garoto acordara cedo e esperava no sofá verde da sala com vários papéis timbrados, um potinho com tinta e duas penas.

— A senhorita dormiu muito — comentou, seco.

Mônica lhe deu um sorriso amarelo e se sentou à mesa para primeiro tomar o dejejum. O suco de pêssego estava geladinho, e a menina suspirou.

— Sinto saudades de um Guaravita, mas sua mãe nunca deixa a desejar nos sucos.

— O que é Guaravita?

— Bom, é uma bebida que praticamente só é vendida no meu estado... Mas basicamente é um refresco de guaraná que vem em um copo de plástico fechado.

— Parece bom. Estudei sobre as colônias certo dia... Guaraná é aquela fruta que parece um olho?

— Sim — comentou Mônica, animada, segurando uma fatia de pudim. — Caramba! Você amaria o Brasil! Temos a melhor culinária. No dia que provar um pão de queijo... hum... você não vai querer outra coisa.

Nesse ponto da conversa, Jack estava tentando parecer distante, a fim de que ela se tocasse e pedisse desculpa pelo ocorrido no dia anterior, mas, de algum jeito quase sobrenatural, ela parecia ter o dom natural de atrair até as pessoas mais difíceis para um diálogo estimulante.

— Brasil? Se refere à colônia de Portugal?

— Ah, sim, vocês ainda chamam disso, infelizmente. Tive uma ideia, sua mãe já deve ter saído da cozinha. Que tal tentarmos fazer um pão de queijo?

— Mas eu sou homem.

— Homem? É um garoto ainda. Além do mais, Dominick sempre diz que os treze é a idade de fazer maluquices. E se a gente sujar a cozinha, eu ponho a culpa em você e sua mãe só vai bater em você.

— Bater? Acredita mesmo que minha mãe me bateria? — Jack se assustou e Mônica corou. Para ela era tão natural que nem imaginou que os pais educassem os filhos de outra forma. — A senhorita... teve uma vida difícil, não foi?

Será que conto? Ele já sabe da discalculia, revelar meu passado agora pode ser informação demais para um garoto só. Além do mais, um garoto do qual eu não gosto, vale frisar. E que também não teve nenhuma paciência comigo, até agora. Só seria algo a mais para ele zombar. Mas o que eu estaria perdendo?

À medida que Mônica foi falando, Jack foi passando de assustado para transtornado e, por fim, irritado.

— Seu pai é um canalha! Se eu estivesse lá, teria acabado com ele. Miserável! Ah, que Deus o proteja de cruzar o meu caminho, porque, de certo, o mataria.

Mônica piscou três vezes.

— Você acredita mesmo em mim?

— Mas é claro, que razão eu teria para não acreditar?

Simples assim?, Mônica pensou. Como era possível...? Ela tinha passado anos com pessoas que nunca lhe deram crédito, mas aquele garoto só confiou nela, sem nenhuma prova. *Será que as pessoas dessa época são mais ingênuas ou é ele que é diferente?*

— Obrigada.

Ela respirou fundo. Era um alívio. Uma pessoa da sua idade sabendo a verdade era o suficiente.

— Pelo quê? Meus pais a abrigaram aqui, eu não.

Ele deu um sorriso charmoso.

Ela riu. O garoto não estava sendo maldoso; aquela era a primeira vez que Jack quebrava o clima pesado com uma dose de sarcasmo. Mônica se sentiu bem. *Ele poderia vir a se tornar até um bom amigo. Quem sabe?*

Os dois realmente foram para cozinha tentar fazer pães de queijo, só que usaram um caríssimo queijo brie que estava na despensa. Além de nenhum deles saber mexer em um forno a lenha, o que fez com que os pãezinhos ficassem completamente tostados.

— Falta sal e pimenta. Mas nota dez pela crocância! — Mônica disse ao provar, fingindo ser jurada do *Master chef*.

— E era para estar crocante? — Jack riu.

A senhora Franklin ficou furiosa quando os viu e escondeu a bola de couro, proibindo os dois de jogarem futebol, boliche ou qualquer tipo de jogo por uma semana. Cobertos de farinha, a dupla, agora mais unida do que nunca, foi até a sala para finalmente estudar matemática.

— Acho que encontrei a solução para o seu problema. Já pensou em escrever os números por extenso?

— Que inteligente! — Mônica o elogiou, sem notar que ele encheu o peito com orgulho. Amava quando alimentavam seu ego já enorme. — Mas isso não seria muito prático. Quer dizer... E quando precisar usar alguma fórmula? Como eu calcularia?

Quando Jack escreveu a fórmula em português e por extenso no papel timbrado, Mônica arregalou os olhos e ficou completamente transtornada ao perceber algo que queria nunca ter visto. Ele tinha exatamente a mesma letra que a amiga por correspondência de Leona.

CRUEL SUMMER

KARI KIMMEL

A raiva era um sentimento ao qual Mônica já estava acostumada, mas, em casa, normalmente não era algo que poderia ser extravasado. Por outro lado, ali, com um garoto que claramente mentia e manipulava a irmã, ela sentiu que poderia gritar o quanto quisesse. Fechou os olhos e sentiu as pálpebras tremerem. Ele confiara nela, em cada palavra sobre seu passado. *É claro, um mentiroso sabe atuar bem para ganhar minha confiança, são todos assim no final.*

— Está tudo bem? — ele perguntou quando ela se levantou do sofá subitamente, com os punhos em riste.

— Por que não estaria, não é? — Ela sorriu com deboche. — Se ninguém souber, ninguém se machuca. É dessa forma que pensa? Porque era assim que meu pai pensava.

— Do que está falando, senhorita?

— Meu nome é Mônica! — gritou enquanto via os olhos dele se arregalando. — E você... — apontou para ele, quase chorando — é a "amiga" por correspondência da sua irmã.

— Eu posso...

— Nem tente explicar. — Ela levou a mão à cabeça, confusa. Porque sabia a posição dele, a irmã quase nunca saía de casa, e tudo isso lembrava Marina, mas jamais faria com ela o que Jack fizera com Leona. Dar esperanças vazias... — Você deveria protegê-la, mas tudo o que fez só vai machucá-la ainda mais. Sei que queria que ela fizesse uma amiga e que provavelmente não encontrou ninguém. Ela já tem um número... muito pequeno de pessoas em quem pode confiar. Isso incluía você, e agora Leona vai ter que desconfiar da própria família. E você não sabe o quanto isso dói. Porque sua irmã ama muito você e seus pais também, mas Jack... Você agiu mal.

Ela franziu os olhos enquanto os fechava, frustrada, e saiu escadaria acima, de volta ao seu quarto. Jack a seguiu, desesperado, e bateu inúmeras vezes na porta dela. Ele só conseguia dizer que poderia explicar se ela o deixasse entrar, mas Mônica colocou os fones, e a música *Cruel summer* estourou em seus ouvidos. Quando decidiu tirá-los, ouviu a voz rouca do garoto passar pela porta, dizendo:

— Só... me deixe contar para ela, eu imploro. Não conte, só me dê um tempo.

Com certeza, é mais um joguinho mental que ele está fazendo, Mônica pensou. *Mas também que direito tenho de me meter? Seria melhor se ele mesmo contasse...*

— Eu não conto, mas não demore a contar! — ela gritou da cama e colocou a cabeça embaixo do travesseiro, porque se sentia mais protegida assim, como se ele criasse um escudo para os pensamentos que não gostaria de ter.

Era estranho, mas ela se sentia pessoalmente traída, mesmo que a mentira não estivesse ligada a ela. Talvez porque ele era o primeiro amigo que fizera em muito tempo. Dormiu ao som de *Cruel summer*.

𝄞

Acordou com batidas na porta e se levantou com raiva, imaginando ser Jack, mas era a senhora Franklin vestida mais elegante do que o normal. Os vestidos que antes pareciam de uma princesa da Disney, agora lembravam uma perfeita noiva de um *live-action* da Disney.

— Está animada?

— Para quê?

Mônica esfregou os olhos, ainda com remelas.

— Ora, o senhor Franklin não lhe contou? Para o nosso passeio em família.

— Ah, sim! — Mônica deu um sorriso, mas logo se lembrou do ocorrido do dia anterior. Seria desconfortável ver Jack e angustiante não poder contar a verdade a Leona. Suspirou. — Vou me trocar rapidinho.

Mônica pegou um vestido lilás das mãos da senhora Franklin e fechou a porta. Vestiu-se preguiçosamente, lavou o rosto na bacia de porcelana e tentou desesperadamente acordar do que sabia não ser um sonho. Estava presa àquelas roupas, àquela casa e àquela época. Seu coração ficou pequenino só de pensar em Marina. Esfregou ainda mais o rosto, com força, até ele ficar vermelho.

Só mais um pouco..., era o mantra que sempre repetia, principalmente quando queria se acalmar. Desceu as escadas, e Leona grudou no seu braço enquanto dava pulinhos de empolgação. Mônica olhou por cima do ombro e observou Jack acuado. *Ele ainda não contou. Se bem que hoje não é um bom dia... Eles não costumam sair muito, então não farei um escândalo.*

Foram para a cavalariça, onde o senhor Franklin preparou os cavalos, e Mônica ficou triste por ele não levar Areia, mas ela chegou perto e deu uma cenoura para o animal.

— Da próxima, a gente leva você, hein, garotão.

E lhe fez um cafuné.

Subiram na carruagem ainda dentro de casa e fecharam as janelas do transporte com cortinas carmesins. Leona sorria o tempo inteiro, enquanto a senhora Franklin parecia desconfortável com um enorme leque na mão e Jack estava bem ao lado de Mônica, que sentiu o braço arrepiar só de senti-lo roçar no de Jack, que estava sem o sobretudo.

O garoto pareceu sentir algo de diferente também, por isso puxou o próprio braço para o meio das pernas e começou a olhar para baixo. A senhora Franklin, percebendo a cena, deu um sorrisinho por trás do leque.

— Esses dois não fariam um belo casal, Leona? — disse suavemente, virando-se para sua filha.

— Que ideia maravilhosa, mamãe! Se eles se casarem, Mônica será parte da família e não precisará ir embora.

Os dois enrubesceram e fecharam o semblante, irredutíveis.

— Ela é só minha amiga! — Jack disse em uma voz aguda, claramente sinal da puberdade.

— Nem amigo meu ele é... — Mônica disse, ressentida, enquanto olhava para a janela fechada.

Jack realmente ficou magoado com aquela frase. Ela era a única amiga que ele tinha e agora nem sabia mais se ainda era o caso. Era nisso que dava confiar nas pessoas. Ela nunca entenderia por que ele escrevia aquelas cartas. Apenas ver um sorriso no rosto da irmã era o suficiente. A verdade poderia ser muito cruel, e Leona era muito nova para aprender isso. Enquanto ela tivesse esperança... Bastava.

A carruagem deu alguns solavancos até que pararam. Ao descerem, depararam-se com o prado onde Mônica acordara. A garota se encolheu em um primeiro momento ao se lembrar do medo que sentira do lenhador, mas relaxou ao ver que o lugar estava diferente. Mais iluminado e com uma brisa fria.

No entanto, o piquenique não seria ali. Eles começaram a caminhar floresta adentro com o senhor Franklin tomando a dianteira. Mônica sentiu calafrios ao ver a densidade do escuro que só ia amentando conforme a mata se fechava. Era como entrar em Nárnia, só que ao contrário; ela esperava topar com algum armário por ali. De repente, o clima pesado deu lugar à luz do sol quando avistaram um enorme campo de lavandas.

As flores se juntavam em grandes caminhos roxos, que pareciam até um quadro de tão bonitos. O clima quente, meio morno, só fazia com que o cheiro doce ficasse mais forte. Mônica subitamente começou a correr e se jogou em um arbusto, mas logo percebeu que não era macio. A senhora Franklin riu enquanto estendia a toalha e arrumava os doces.

Jack, que trazia uma caixa de madeira quadrada, colocou-a em uma parte da toalha enquanto se sentava em uma almofada. Ao abrir, Mônica notou que se tratava de um jogo de xadrez. Sentiu interesse em jogar, mas lembrou que estava com raiva dele ainda. Achou melhor colocar toda a sua atenção naquela paisagem maravilhosa digna de um clipe de Cyndi Lauper.

Leona ia atrás dela, saltitando pelos arbustos e colhendo alguns ramos para formar um buquê. Jack encontrou no pai um adversário para o xadrez, e o clima estava perfeitamente agradável quando a senhora Franklin se levantou com aflição.

— Onde está Leona?

O senhor Franklin começou a olhar em volta e sentiu um aperto no peito. Por mais que o seu nome fosse chamado, Leona simplesmente não respondia.

Ela havia desaparecido.

LIVIN' ON A PRAYER

BON JOVI

Mônica começou a se sentir da mesma forma quando foi parar no passado, angustiada em busca da irmã. Só que Marina poderia estar bem em algum lugar, mas a situação de Leona era bem mais assustadora. Alguém a tinha levado? Ela caíra em algum barranco?

O senhor Franklin foi mais operacional. Levou a família para junto da carruagem e pediu para Jack proteger as moças enquanto ele ia atrás da filha. Mônica engoliu em seco quando o viu pegar uma arma na parte dianteira do transporte e a colocou no coldre. Sua silhueta ia sumindo conforme ele marchava floresta adentro.

A senhora Franklin começou a chorar copiosamente enquanto era consolada por Jack, que a cada dois minutos olhava em volta e mexia no revólver do próprio coldre, nervoso. Mônica não sabia o que fazer; suas mãos suavam e as esfregava no vestido frequentemente. Não conseguia pensar em nenhuma música que pudesse tranquilizar o momento.

A garota suspirou, como costumava fazer antes de alguma atitude imprudente. Ela agachou na parte da frente da carruagem e retirou o machado que sabia que o senhor Franklin havia escondido ali.

— O que está fazendo? — Jack perguntou.

— Indo atrás do seu pai.

Tentava equilibrar a arma e parecer confiante ao mesmo tempo.

— Não seja estúpida!

— Estúpido é você! Fique aqui e proteja a sua mãe.

Mônica apontou com a cabeça para a senhora Franklin, que chorava, inconsolável.

Enquanto isso, Leona, algum tempo antes de toda a confusão, havia seguido uma borboleta azul mata adentro. A imensidão do roxo das lavandas deu lugar à densidade verde das árvores. Os sapatos delicados começaram a ficar manchados de lama. E a borboleta parecia feita de papel e tinha pintas pretas fascinantes, por isso a garota não percebeu a sombra que crescia cada vez mais atrás de si.

Sem conseguir apoiar a mãe e segurar Mônica ao mesmo tempo, Jack não teve escolha a não ser deixar a garota ir mata adentro. Para ela, não demorou muito até encontrar o rastro do senhor Franklin, que tinha marcado a grama com pegadas de lama.

O medo era sufocante, e a garganta dela arranhava por um número incontável de engolidas a seco. Ela ouviu um tiro e se assustou, quase deixando o machado cair, mas reuniu coragem para avançar alguns passos pela penumbra. Sua respiração foi ficando pesada e ouviu algumas vozes, uma delas de Leona.

Depois de inclinar um pouco o rosto, viu a cena. O senhor Franklin tinha conseguido recuperar a filha, que estava assustada atrás dele, enquanto o pai encarava o mesmo lenhador que a atacara um tempo antes. Mônica tinha sentido como se tivesse sido meses antes, ao mesmo tempo em que parecia que não tinha passado um dia. Por que aquele homem continuava assustador, mesmo depois de ter tomado um tiro no ombro?

Mônica sentiu seu coração palpitar e quase uma descarga elétrica percorrer seu corpo. Ainda assim, não conseguia se mexer. Eram emoções conflitantes, mas o mais paralisante era o medo.

– Nunca mais se aproxime daqui! Ou o próximo tiro será na sua cabeça! – o senhor Franklin esbravejou. O lenhador se virou e correu, segurando o ombro. Já o pai se voltou para a filha: – Como você está? Onde ele a machucou?

– Acalme-se, pai, ele me botou em seus ombros e me trouxe até aqui. Foi quando me encontrou. Ele não teve tempo de me machucar.

Leona abaixou a cabeça e começou a chorar.

Mônica queria gritar, chutar uma árvore, tomar qualquer atitude, mas se sentia covarde demais. Foi naquele momento que prometeu: *nunca mais hesitarei.* Foi quando os dois notaram a presença dela ali e a abraçaram, ambos procurando conforto e se sentindo aliviados, só que Mônica sentiu muita vergonha. Poderia ter ajudado, mas, na hora da verdade, fora covarde.

Ela os acompanhou em silêncio, até que Jack e a senhora Franklin correram para abraçar Leona. E aquilo era honesto, simples; era amor. *Uma família de verdade é assim, então?*

𝄞

A noite foi angustiante na casa dos Franklin. Ninguém queria tocar no assunto. Mônica sentiu que, de alguma forma, aquilo já tinha acontecido antes. Olhou para o teto e pensou que os problemas que achava que tinha não chegavam nem perto do que aquela família já tinha passado. Trocou as pilhas do *discman*, pôs os fones e tocou *Still broke*, de Samm Henshaw, que, de alguma forma, parecia adequada para a ocasião, uma música sobre desesperança e se sentir quebrado.

𝄞

A garota acordou determinada. Sabia que a família não se recuperaria do que acontecera da noite para o dia, então ajudaria de alguma forma, nem que fosse para limpar a casa.

Era cedo demais para qualquer um estar acordado. O cheiro do orvalho entrou na casa enquanto Mônica notava que não era a única ali. Escondeu-se atrás da porta da sala ao ver Jack mexendo na estante. Ele sorria enquanto lia um livro de capa dura e verde, que aparentava ser de botânica. Parecia um momento íntimo, por mais banal que fosse. *Ele nunca sorri assim perto da família ou de mim. Vou deixá-lo em paz*. Mas ao tentar subir a escada, deixou cair o *discman*. Comprimiu os lábios em desespero, torcendo para ele não ter ouvido o barulho.

— Ora, o que temos aqui? Há quanto tempo estava me espionando?

Droga, pensou enquanto inventava uma história mirabolante, mas percebeu que a verdade não era tão constrangedora assim.

— Só acordei mais cedo, vi você e não quis atrapalhar sua rotina. Vou voltar para a cama.

— Espere... — Jack se abaixou e pegou o *discman*. — Deixou cair o seu...

Estreitou os olhos, tentando adivinhar o que seria aquilo.

Mônica se abaixou rápido, tentando tirar o aparelho dele, mas suas mãos acabaram se entrelaçando e rapidamente levantaram os olhares para se cruzarem. Foram poucos segundos e cada um sentiu algo diferente. Enquanto Jack se sentira desconfortável, botando a mão no bolso, coçando-a sem parar, Mônica se sentira totalmente confortável e percebeu que não teria problema explicar o que era *discman* para ele.

— Eu não vou tocar em você, combinado? Só... — Ela se esticou para colocar os fones de ouvido nele e mexeu no aparelho. — Escute.

A música era *Livin' on a prayer*, de Bon Jovi. As batidas na bateria fizeram Jack quase infartar e cair para trás. Ele se sentou no chão, assustado, com os olhos arregalados e olhando para os lados, procurando a origem da música. Mônica achou aquilo muito engraçado, mas conteve o sorriso. Quando a faixa estava quase no fim, ela retirou os fones dele e os colocou de novo para ele perceber de onde vinha o som. Ele tirou o aparelho e o afastou com uma delicadeza cirúrgica, então se levantou e apontou para Mônica.

— A senhorita é uma bruxa! — Ela riu e se aproximou, mas o garoto tomou distância e apontou para o objeto. — E isso é uma arma mágica.

— Vá com calma, cara. — Ela percebeu que tinha sido um erro ter mostrado o *discman* a ele. — Isso é apenas uma máquina, que inclusive é bem comum de onde vim. Você não deve saber desse tipo de novidade porque não sai muito de casa — mentiu, como se fosse algo do próprio tempo, mas a que ele não tinha acesso, para que não pensasse que ela viera do futuro.

Ele a olhou com desconfiança e depois para o objeto repetidas vezes.

— Vou confiar em sua palavra, senhorita. — Foi andando para trás, sem tirar os olhos dela. — Mas acredito ser melhor eu dormir um pouco mais, já que acordei muito cedo.

Saiu correndo escadas acima e se trancou no quarto.

Mônica sorriu, pegou seu *discman*, estalou os dedos e se pôs a arrumar a casa, como havia planejado. Começou tirando pó da estante de livros, onde Jack lia sobre botânica minutos antes. Ela ergueu o corpo para limpar a prateleira mais alta, mas, ao remover um dos livros, não esperava que seria tão pesado e quase o derrubou. Estranhou e abriu o exemplar para ver o porquê do peso e descobriu que era falso. Por dentro, havia seis pequenas gavetas e, ao lado delas, um grande pote de vidro guardando um líquido viscoso.

— Não mexa nisso! — o senhor Franklin gritou, fazendo-a fechar o "livro" e colocá-lo em cima da mesa.

— Foi mal. Eu... — A voz foi caindo pelo susto e medo; nunca tinha visto o homem tão exaltado.

— Perdão, Mônica, não queria assustá-la. Mas o que estava segurando era um armário de venenos.

— Venenos?!

— Fale baixo, por favor. Aqui é um lugar perigoso para minha família, por mais que tenha minhas armas. Algumas visitas podem ter más intenções, então deixo essa caixa para a minha esposa se proteger, caso alguém entre aqui se passando por um visitante para fazer alguma perversidade. Meus filhos não sabem, mas imaginei que você soubesse como é um armário de venenos.

— Eu? Por quê?

— Ora, seu pai não é um cientista? Nunca viu um desses em casa?

— Ele trabalha mais com máquinas...

— Ah, deve ser engenheiro então. De qualquer forma, estava procurando um livro para ler?

— Não... Eu só queria ajudar de alguma forma.

O senhor Franklin viu o pano e juntou as peças. Ele suspirou e se agachou para olhá-la nos olhos.

— Mônica — a voz dele estava pesada —, você não nos deve nada. Enquanto estiver aqui, será tratada como uma filha.

— As filhas também ajudam em casa, ué. — *Nas famílias normais, imagino*, pensou.

Ele sorriu e bagunçou seu cabelo, mas a conversa foi interrompida por uma batida na porta.

A correspondência tinha chegado. Mônica não entendeu a polvorosa que se formou na porta minutos depois. A senhora Franklin começou a chorar e o senhor Franklin andava em círculos pelo corredor, visivelmente confuso. Mônica não quis se envolver nem atrapalhar, mas ficou curiosa. Algum parente teria morrido? Talvez não. O clima estava mais para ansiedade do que para luto.

Naquela mesma noite, passos pesados e uma gritaria fizeram com que Mônica acordasse e visse pela fresta da porta a briga entre o senhor Franklin e seu filho. Ela entendeu parte da conversa, porque eles falavam rápido demais as palavras "loucura", "obrigação" e "morrer".

Mônica não conseguia se conter de curiosidade, mas seria muita cara de pau perguntar algo para Jack depois de ter brigado com ele sobre mentir para Leona. Ainda mais seguida da cena que ela fizera na carruagem, quando o deixara com a mãe para arrumar confusão. Embora ela não precisasse esperar muito, pois ele mesmo foi lhe falar.

— Podemos conversar?

— Era exatamente o que eu queria. O que está acontecendo?

Os dois foram para o jardim e se sentaram na grama, tensos.

— Olhe, eu... fui convocado. Para o exército. — Mônica ficou estarrecida e várias perguntas se passaram pela cabeça dela. Prevendo isso, Jack apenas acenou que continuaria. — Eu sei o que está pensando... Que sou muito jovem, que meu pai é quem deveria ser convocado no meu lugar. Entretanto, não é assim que funciona. Ele já foi da nobreza, isso pesa. Mas sou o filho que ele teve com uma mulher que todos rejeitaram. Eu seria a forma de "redimir" minha família — ele falou com toda acidez que o seu tom de voz permitia. — Pelo menos em "honra"... caso fosse um herói de guerra.

— Você não pode ir. Isso é um absurdo, você só tem treze anos.

Jack suspirou e continuou:

— Deserção afundaria o nome da minha família na lama, eu seria preso, meu pai não conseguiria mais emprego e minha irmã não teria nem sequer um pretendente. — Ele encarou os dedos, que roçavam nervosamente uns nos outros. — Mas... eu provavelmente vou morrer, não vou? — Jack sorriu, triste. — Não que eu tenha medo da morte, é só que... Sei que tem outros como eu no exército, mas também tenho essa doença de pele, que pode ser confundida com *algo contagioso*... Quando me virem, provavelmente vão me espancar, até mesmo se não tivesse isso. Esse sempre foi meu medo, ser espancado até a morte por causa da minha cor.

Mônica não entendia como ele se sentia, nunca entenderia. Então não disse nada, só sentou e ouviu, porque era o que cabia a ela. Ao ver a mão dele tremendo, esticou a própria para segurá-la, mas agora que entedia por que ele não gostava de ser tocado, perguntou:

— Posso segurar sua mão?

Ele balançou a cabeça positivamente, enquanto ainda fitava o chão. Os dois ficaram ali por um bom tempo, e a brisa que trazia o perfume das flores não suavizou o momento. Ambos foram para os seus respectivos quartos em um silêncio pesado que durou toda a noite.

𝄞

Jack não conseguiu dormir. Pela manhã, a primeira atitude que tomou foi ir até o quarto de Mônica. Ele bateu na porta repetidas vezes, queria se despedir.

— Olhe, vou entrar. Está decente? — Ele abriu a porta com os olhos fechados. — Senhorita?

Ele abriu a porta com cuidado, respirou fundo e, com medo, abriu os olhos. Mas Mônica não estava lá. Em seu lugar, estava uma cama bagunçada e alguns papéis amassados sobre a cama. Entre eles, havia um dobrado e escrito com letras garrafais: JACK.

~~Querido~~ Caro Jack,

Essa foi a noite mais longa da minha vida... Até que cheguei à seguinte conclusão: o que está em jogo aqui? O que você tem a perder? O que eu tenho a perder? Eu sempre quis o que você tem. Não se trata do dinheiro. Sua família é completa, seus pais o amam e amam Leona da mesma forma. Não tenho nada nessa época e talvez Marina se vire melhor sem mim. Só o fato de ter nascido já a privou de ter uma infância normal. Ela poderia ter sido amada... E eu também, em outra época, em outra vida, e eu senti esse carinho na sua casa. Fui abraçada, acolhida e não saberia pagar por isso de outra forma sem ser deixando sua família intacta. Da mesma forma de quando cheguei.

Mas não vamos ser dramáticos, beleza? Não é como se eu fosse morrer. Quando chegar lá, serei dispensada por ser pequena e fraca, e logo estarei de volta. É só um até logo. De nada, inclusive. E, enquanto eu não voltar, só me prometa uma coisa: continue vivo.

Da sua amiga de sempre,

A senhorita.

Depois de ler, Jack desabou no chão, chorando copiosamente, até ser amparado pelos pais, que ouviram seus soluços de agonia.

— Eu não posso... — disse entre fungadas.

— O quê? — perguntaram os pais, que nada entenderam.

Ele fechou os olhos, sentindo seu peito queimar.

— Perdê-la.

O senhor Franklin percebeu que Mônica não estava ali e ligou os pontos. De repente, uma ideia terrível o assombrou e ele foi até a estante. Para o seu horror, ela realmente tinha feito o que imaginava. Fora no lugar de Jack, e para piorar: levara todos os venenos.

EYE OF THE TIGER

SURVIVOR

A cada trote, um plano, um arrependimento, uma memória, mas também um misto de confusão. Se não pudesse voltar, o que faria? Só precisava de Marina para ser a voz da razão, só que ela não estava ali, talvez nunca mais estivesse.

A primeira visão que Mônica teve ao chegar no campo de recrutamento foi a neblina. Densa e sinistra, aos poucos, foi dando espaço a uma cena típica de um apocalipse zumbi. Figuras magrelas e visivelmente cansadas foram surgindo espalhadas pelo prado. Eram adolescentes.

Mônica tentou manter a calma e recapitular tudo o que tinha planejado dizer em quase um dia de cavalgada até lá, mas a chegada discreta que esperara foi impedida ao cair do cavalo, depois de uma das pernas ficar dormente ao descer.

De repente, sentiu os olhos de todos os adolescentes raquíticos sobre ela. Engoliu em seco. Mônica se levantou e bateu nas roupas largas que escondiam as curvas que começaram a surgir no último mês. *Péssimo momento para a puberdade...*, pensou ao prender Areia a uma árvore próxima e pegar a trouxinha que tinha trazido. Nesse momento, uma voz grave parecia tremer a grama:

— Os cavalos devem ser colocados nas cocheiras, os pertences embaixo das árvores. Recrutas, se enfileirem diante de mim.

Mônica mudou Areia de lugar e se despediu do amigo com um beijo na testa. Ao ficar na fileira, percebeu que não era a mais baixa ali; muitos garotos tinham a mesma idade ou eram até mais novos do que ela.

— Eu sou o coronel Evans — disse a poderosa voz. — Vocês ficarão sob o meu comando pelos próximos dois anos. Aliás, alguns de vocês... — Um sorriso surgiu em seu rosto duro marcado pelo peso de seus possíveis cinquenta anos. — Os que passarem na inspeção. Se dirijam para o galpão norte.

Ele apontou com o dedo. E foi o último ao entrar atrás dos meninos.

O galpão era fechado, e Mônica começou a ter um mau pressentimento. Havia um homem sentado em uma cadeira e que recebia e verificava as cartas de recrutamento que os meninos entregavam. Ela suou frio, mas o homem só indicou com a cabeça que estava tudo certo.

— Com as cartas verificadas, a próxima etapa é a designação de funções. Vocês serão orientados em qual lugar irão servir, alguns ficarão aqui mesmo, em Dover, e destes irei cuidar pessoalmente — disse, sorrindo debochadamente. — A capitã Storm — o coronel Evans falou com certo amargor na voz — dará continuidade à etapa.

A capitã Storm parecia realmente com uma tempestade. A palidez de sua pele lembrava um dia nublado, e os cachos pretos amarrados em um rabo de cavalo se assemelhavam a uma noite escura. Seus olhos faiscavam como relâmpagos ao observar cada um dos soldados, até que os olhares das duas se encontraram.

Mônica nunca tinha sentido um medo tão palpável. A fúria da capitã era paralisante. *O que fiz de errado? Estou aqui há menos de dez minutos...*

Cada passo que a capitã Storm dava com suas pesadas botinas era um descompasso no coração medroso de Mônica, que engoliu em seco quando ela a segurou com raiva pelo braço.

— Pensa que está enganando quem?

— Não compreendi — respondeu, tentando engrossar a voz.

Storm reagiu com uma risada de escárnio.

— Patético, pirralha — sussurrou entredentes. — Esses caras podem não ter notado, porque têm medo de ficar se encarando, mas é nítido que é uma menina. Quem é o homem?

— Que homem?

— Tem sempre um homem. Por quem está arriscando sua vida?

Mônica sentiu o rosto queimar.

— Por acaso, foi assim que parou aqui também? — respondeu com raiva.

— Não é da sua conta! — Ela soltou o braço de Mônica. — Só tome cuidado e não me envolva. Os soldados de verdade estão na linha de frente na guerra contra a Espanha. Então aceitamos qualquer um para serviços menores, você só vai fazer patrulhas entorno do Forte. — Mônica balançou a cabeça positivamente. — Ótimo. — Saiu andando pelo galpão e apontou para Mônica, gritando: — Este está liberado! Designado para 0 Dover!

Mônica sentiu que estava sendo empurrada por um homem até um alojamento com dúzias de camas.

— Escolha uma e se ajeite — ele resmungou e a deixou sozinha ali.

Não foi do jeito que Mônica imaginara. Sua esperança era que a dispensassem no exame físico por ser muito nova ou muito fraca, mas notou que não era tão diferente assim dos outros garotos, que iam se amontoando no alojamento.

— Franklin.

Os demais garotos a chamavam, mas Mônica não se virava nem respondia. Até que um menino loiro e baixo, de ombros largos e cara fechada, comentou:

— Agora é surdo. O soldado Surdo vai ser o nome dele de agora em diante.

Ele riu e, naquela mesma tarde, ela descobriu que o nome dele era Levi Adams.

Mônica imediatamente o achou chato, mas decidiu não retrucar, pois sabia que, quanto mais respondesse às zoações, mais a zoariam. Só que não foi o que aconteceu, já que a partir do segundo dia o apelido colou e nunca mais foi chamada de Franklin, só de Surdo.

A noite foi puxada. Já tinha se acostumado com o luxo da casa dos Franklin; em contraponto, a cama feita de couro e serragem conseguia ser pior do que a da casa do pai dela.

Só que ela não precisou dormir muito, porque, antes mesmo do sol nascer, uma corneta estridente tocou. Mônica quase pensou que estava de volta ao presente, no colégio, e que aquele era o sinal do recreio, mas um literal tapa na cara a levou de volta à realidade.

— Acorde, Surdo, acorde!

Era Levi Adams.

— Está maluco? Quer brigar?

Ela se levantou em um sobressalto e ergueu os punhos fechados.

— Fique quieto e se endireite.

Adams ficou com as mãos coladas contra o corpo e olhou estupidamente para a frente.

Foi quando a garota notou que ele não era mau, só implicante. Porque todos estavam iguais a ele. Era a formação da manhã, e ele gentilmente a ajudara a não levar bronca. Ela o imitou e viu de soslaio que a sombra da capitã Storm passeava entre os soldados, até que seus olhos pousaram em Mônica.

— Surdo, que roupas são essas? — Ela percebeu que ainda estava com o pijama que tinha afanado do quarto de Jack e que todos os outros vestiam roupas mais pesadas, de frio e botas. A capitã ainda a encarava e ela não sabia se deveria dizer algo ou só ficar em silêncio. — Surdo? Você é mudo também?

Mônica ouviu Levi segurar o riso. Tomou coragem e respondeu mais alto do que esperava:

— Não, senhor! Digo, senhora! — E bateu uma continência desajeitada.

Storm revirou os olhos, odiava trabalhar com crianças. Ela tomou a dianteira e todos correram atrás dela, pelo penhasco acima da praia. Estavam quase contornando o farol quando Mônica foi quicando enquanto colocava a bota depois de ter posto um casaco por cima do pijama. O frio era congelante. O que era estranho para ela, já que perto da praia costumava ser quente, mas isso era no Brasil; na Inglaterra estava tão congelante quanto beber água depois de chupar uma bala Halls preta.

Depois de cinco minutos, o tédio da garota era maior do que o cansaço.

— Para que correr tanto? Não vamos servir na costa? Não seria mais útil se aprendêssemos a nadar? — Mônica pensou alto, tendo em mente que ninguém a ouviria.

— Soldado Surdo, quer correr por mais três horas? — A capitã Storm rosnou da dianteira.

Nos ouvidos de Mônica, a voz dela soava como o barulho que o ônibus faz quando se puxa a cordinha — irritante e desnecessário —, mas reclamar não valia as três horas.

O treino durou mais uma hora e meia e todos pareciam estar no mesmo nível, o de adolescentes sedentários, exceto por um garoto magrelo, com o cabelo raspado e olhos azuis faiscantes, que fazia parecer que aquilo era brincadeira de criança. Logo apelidaram o soldado de Ziggs, e Mônica ficou aliviada por não ser a única com apelido.

Ela percebeu também que as botas de Jack não foram feitas para aquilo, mesmo com as meias grossas. Bolhas começaram a incomodar os pés e cada passo doía mais. Fora que aquela corrida e exercícios de força seriam muito mais tranquilos se pudesse ouvir o tema do filme *The rock*. E, de repente, ela começou a cantarolar:

— *Tanãnã Tananãã...*

Os outros até estranharam, mas acharam que fosse uma música de soldados e a imitaram, até que todos estavam cantando a melhor música tema de luta de todos os tempos. Como pareciam empolgados e até com mais energia, Storm não os repreendeu.

A comida que o batalhão comeu depois não foi a melhor que Mônica já tinha provado, mas devorou rápido. Lembrou-se da vez em que o primo de Dominick tinha se alistado e comentou o quanto o "risosso" era ruim — uma espécie de risoto, mas só com osso —, embora aquele caldo meio roxo, meio verde não fosse péssimo. Talvez porque nunca nem tivesse sentido tanta fome quanto agora.

— A fome é o melhor tempero — Ziggs disse, como se lesse seus pensamentos. — Além do açafrão.

— Açafrão não tem gosto de nada... — comentou Adams de boca cheia. — Invadimos o povo daquele garoto por uns temperos mequetrefes.

Ele apontou com a colher para um rapaz com a pele e o cabelo da cor de um papelão; ele parecia ser indiano e era um pouco mais velho do que os outros.

— Minha família é árabe, e eu nasci aqui na Inglaterra — o garoto falou sem desviar os olhos do próprio prato. — Não temos nada a ver com a Índia.

— Ah, não faz nenhuma diferença — Levi ironizou.

— Claro que faz! — Mônica se levantou, explosiva. — Não pense em falar essas asneiras perto de mim!

— Ora, Surdo, deu para aprender a ouvir *logo* as conversas dos outros?

— Você não fala, você grita! E se não parar com suas bobagens preconceituosas, vai me ouvir gritar de volta!

A essa altura, o rosto de Mônica estava da mesma cor do seu cabelo.

— Pre... o quê? Sempre falando de um jeito esquisito. Não pense que não reparei que você também não é inglês — comentou Adams em voz baixa. — Deve ser algum português infiltrado.

— Já chega! — a capitã interrompeu. — O almoço é sagrado, deve ser comido em silêncio.

𝄞

No terceiro dia de treinamento, a capitã Storm reuniu os soldados em uma roda. Lá, ela chamava dois deles e os colocava no meio do círculo para lutar. A timidez durou pouco, rapidamente dando lugar aos olhos roxos, arranhões e narizes quebrados. Ziggs era o mais forte, ele só precisava de um soco para dar o “nocaute”. Quando chegou a vez de Mônica, ela resmungou sobre a escolha do seu adversário: era ninguém menos de Levi Adams, com aquele cabelo seboso e deboche de costume. Ela estalou o pescoço e deu uns pulinhos, enquanto o oponente alongava os braços.

Mônica tomou a iniciativa e desferiu o primeiro golpe, um soco que Levi facilmente desviou, devolvendo com uma rasteira. Após um momento de confusão, Mônica se levantou, ergueu os punhos em riste e tentou socar novamente; dessa vez, acertou a barriga, deixando Levi desorientado. Ela aproveitou para chutar as pernas dele, que caiu de joelhos. Mas Adams ficou pouco tempo na desvantagem, porque aproveitou estar mais baixo para puxar Mônica pelos joelhos e montar nela, desferido repetidos socos no seu rosto, até a capitã Storm dar fim à luta, antes que ela desmaiasse. Mônica não gostou da interrupção.

— Quem disse que era para parar?! — ela perguntou, cuspindo sangue no chão.

— Eu disse.

Storm lhe lançou um olhar de repreensão, e Mônica saiu resmungando, enquanto Levi comemorava.

Foi só quando todos estavam surrados, cansados e famintos que Storm começou o treino de verdade, ensinando a postura correta e a posição dos braços e dos pés para atacar e defender, além de corrigir os defeitos nos estilos de luta de cada um.

A intensidade dos treinos foi igual aos primeiro e segundo dias, mas, no quarto, todos acordaram sendo surpreendidos com uma pilha de uniformes vermelhos esperando na porta do galpão. O de Mônica ficou grande, e ela teve de dobrar as mangas e as barras da calça.

— Vai se ajustar com o tempo — Storm comentou com um sorriso estranhamente amigável e um tapinha nas costas.

Muitas perguntas surgiam ao mesmo tempo.

— Podemos trocar de uniforme? — Adams foi o primeiro a questionar.

— Onde vamos patrulhar? — Ziggs também quis saber.

— Olhe, não vi nenhum veterano, a não ser a senhora e o coronel... — o rapaz árabe perguntou baixinho. A essa altura, todos já sabiam que seu nome era Faruk. — Onde estão os outros?

— Vamos por partes — a capitã respondeu. — Vocês receberam dois uniformes cada, eles devem estar sempre limpos, podem lavar nos estábulos se quiserem. Hoje iremos patrulhar as docas. Ensinarei o procedimento de verificar as cargas dos navios que desembarcam. E, por último, não há outros veteranos, todos morreram. Mais perguntas?

SWAY

ROSEMARY CLOONEY WITH PEREZ PRADO

Para Mônica, as docas tinham um cheiro de peixe podre e um aroma azedo, que logo foi identificado por Ziggs como rum. A madeira molhada rangia à medida que andavam pelo cais. O sobe e desce de caixotes e barris era tão frenético que a garota pensou estar de volta a um camelódromo do século XXI.

— Que tal fazer uma boquinha? — Levi cochichou no meio dos soldados.

— Soldado Adams, se levasse o trabalho tão a sério quanto leva a comida, já seria cabo a essa altura — a capitã Storm rosnou, tomando a dianteira.

Levi foi atrás dela, debochando, rebolando e imitando a capitã, que rapidamente se virou e o encarou tão intensamente que ele se encolheu até parecer um cãozinho assustado.

— Calma, capitã. — Ziggs entrou no meio. — Ele deve estar zonzo de fome. E estamos todos com fome, certo?

Ele virou o rosto para o grupo, pedindo o apoio dos colegas, que confirmaram com muita animação.

— Bom, não estou com fome... — retorquiu Storm, ao mesmo tempo em que seu estômago roncava alto. Ninguém ousou comentar. — Vamos... de peixe com batata?

Com as pernas balançando no píer, os soldados atacaram as batatas com uma fome voraz, mas Mônica só conseguia pensar em *todos morreram* – com a voz de Storm ecoando em sua mente. O que fazia esse trabalho ser tão perigoso, afinal? E por que ninguém parecia estar tão preocupado quanto ela?

– Por que não está comendo, Surdo? – perguntou Ziggs.

– Essa batata... vocês a comem cozida e inteira com uma colher, isso é muito esquisito. E nem tiraram a cabeça dos peixes... – Ela arrumou uma desculpa.

– *Vocês?* Então você realmente não é daqui, eu sabia – Levi retorquiu.

– O que *eu já falei* sobre falar comendo? – Storm alertou enquanto cuspia as espinhas do peixe.

Mônica enfiou a comida goela abaixo e seguiu Storm para a primeira embarcação no cais. Era um navio velho, tinha cracas presas no casco e o nome escrito na lateral estava quase completamente apagado pela força no tempo. *Esperanza.*

– Observem – Storm disse ao cumprimentar o capitão, que deveria ter uns quarenta anos e nenhuma higiene bucal pelo estado dos dentes, quase completamente podres. – O capitão me dará esses papéis. – Ela mostrou aos soldados. *Parece uma lista de supermercado*, Mônica pensou, pois tinha tabaco, açúcar, noz-moscada, pimenta-da-Jamaica, canela. – Esses números ao lado da mercadoria são a quantidade de barris. E esse outro papel – ela o mostrou, tinha uma marca de carimbo vermelha e uma assinatura – é a autorização dessa mercadoria, então, se houver um barril a mais ou a menos, teremos que confiscar todos os barris e o navio, além de levar o capitão conosco para averiguar.

– O que não vai ser necessário. – O capitão sorriu com seus dentes podres. – Pois sou um lobo do mar honesto.

Os soldados se espalharam pelo navio, contando cada barril e procurando por algo que ele não houvesse registrado. Mônica reparou que nunca tinha entrado em um navio, parecia errado, como se não fosse seu lugar. Como se fosse a posição de *outra pessoa*. Sentiu um arrepio na nuca.

Tudo estava nos conformes. Eles foram para os outros barcos e revistaram um por um. Todos os navios naquele dia passaram na revista. E enquanto os capitães enchiam seus canecos para comemorar na pousada mais próxima, os recrutas voltavam suados, cansados e com dor nas costas para o alojamento.

𝄞

No meio da madrugada, Mônica se levantou e treinava os golpes que Storm tinha ensinado, até que a própria capitã apareceu, assustando-a.

— Calma, Surdo. Fico feliz que esteja treinando.

— Isso não é tão importante. — Ela se sentou no chão. — Nunca vou derrotar Levi.

— Por que acha isso, pirralha?

— Ele é homem, eu tenho uma desvantagem biológica.

Emma deu uma gargalhada, deixando que uma fumaça de ar frio saísse da sua boca.

— Garota, não invente. Isso não é relevante. Eu derrotaria o batalhão inteiro. Me responda uma questão: em uma luta entre um jacaré e uma girafa, quem venceria?

— O jacaré.

— Não, vence quem está mais motivado. Aquele que mais desejar sobreviver. E você vai continuar perdendo, porque já entra na luta acreditando que nunca vencerá.

Mônica olhou para a lua cheia e fechou os olhos. Naquela noite, sonhou com uma girafa com luvas de boxe.

𝄞

Não importava quantas vezes Mônica acordasse ao som da corneta, sempre se assustava.

O dia parecia diferente. O cheiro de terra molhada entrou nas suas narinas como um velho amigo, familiar, confortável. Diferente do dia que teria.

Distinguindo dos dias anteriores, a capitã Storm não liderou o treinamento, era o próprio coronel Evans que estava parado ante eles. *Ele tem a carranca de um velho chato que reclama da esposa e que só sabe jogar sinuca. Mas posso estar fazendo um juízo de valor*, Mônica pensou, com medo por não ser Storm ali, já que era uma chance maior de ser descoberta.

— Hoje aprenderão a ser homens. Me acompanhem.

A chuva deixava a grama mais escura, o mar mais agitado e aquele treino mais dramático. O coronel parou a poucos metros do galpão, onde havia uma grande mesa de madeira coberta por uma tenda que fechava a lateral, mas que abria a visão para garrafas postas em cima de fenos a uns dez metros de distância. *Isso é um stand de tiro*, a garota concluiu ao ver as pistolas enfileiradas sobre a mesa.

O coronel não precisou abrir a boca, só pegou uma pistola, posicionou-se e atirou, estilhaçando uma garrafa em centenas de cacos. Ele olhou para os recrutas e pousou o olhar em Adams, entregando-lhe a pistola e saindo da frente antes de fazer um aceno com a cabeça. Levi Adams se tremia todo. Não foi preciso Mônica olhar para o alvo para descobrir que ele tinha errado. Irritado e com vergonha, o soldado só passou a arma para o próximo.

Todos foram, e apenas Ziggs acertou a garrafa, até que chegou a vez de Mônica. A respiração pesava, a chuva caía forte agora, ela sentia o cheiro de fósforo queimado, só que mais denso. *É a pólvora*, concluiu. O metal frio pesou na mão da garota, que sentia como se a pistola tivesse mil quilos. Engoliu em seco. O punho da arma era branco, bonito, *apavorante*. Ela mirou na garrafa mais alta entre os fenos e atirou. O estrondo foi ensurdecedor. Fechou os olhos, sentiu o repuxo da arma voltar e pressionar contra a pele, arranhando.

— Droga! — resmungou, soltando a pistola na mesa e sentindo a mão queimar.

— Algumas dicas. — O coronel Evans cruzou os braços e suspirou. — Virem ligeiramente a pistola de lado para não repuxar. Se acostumem com o som e não molhem suas armas. Se a pólvora encostar na água, será impossível atirar. Por último — ele pousou os olhos frios em Mônica —, mantenham os olhos abertos.

Durante a manhã e boa parte da tarde, os recrutas ficaram atirando, um ao lado do outro. Em cada tentativa, Mônica errava ao fechar os olhos. *Até o chihuahua tremelique do Adams acertou uma garrafa, e eu não.* Ela estava inconsolável quando voltou para a cama.

— Você viu? — Adams perguntou a Ziggs. — Além de Surdo, ele também deve ser cego!

Levi riu sozinho, enquanto Ziggs dava um tapinha nas costas de Mônica para que ela não ligasse para ele.

O treino de tiro se repetiu no dia seguinte e no dia depois. Mônica já estava se estressando, não conseguia acertar nada. Era frustrante. Até que, em uma madrugada, ela se levantou, revoltada, pegou o *discman* depois de tanto tempo, colocou os fones nas orelhas e foi até o depósito de armas. Lá, encontrou uma pistola e voltou ao *stand* de tiro. Fez o passo a passo, arma ligeiramente virada, respirou fundo e atirou. Ela ainda fechava os olhos.

Xingou-se mentalmente, torcendo para ninguém ouvir os tiros em meio à chuva forte que se arrastou a semana toda. Até que começou a tocar *Sway*, de Rosemary Clooney e Perez Prado. Fechou os olhos e depois os abriu. O ritmo das marimbas a fez soltar o quadril e dançar, com a pistola na mão. Sentiu o corpo relaxar, o braço se esticar e, ao ouvir o trompete, atirou. Com os olhos abertos.

𝄞

A manhã seguinte, porém, não foi de stand de tiro. Os treinos físicos voltaram, novamente comandados pela capitã Storm, que concluiu a semana com uma novidade:

— O mês de treino básico foi concluído. A partir de amanhã serão colocados em patrulhas. Fiquem calmos que ainda irão treinar, mas agora nos períodos entre os serviços de vocês.

A semana de Mônica era dividida por uma escala decidida pelo próprio coronel Evans, que agora quase não aparecia nos treinos, aparentemente recluso, mas era ele quem fazia os turnos dos recrutas, que, para "Surdo", era a seguinte:

Segunda-feira: Segurança do Farol
e limpeza dos estábulos.

Terça-feira: Inspeção e patrulha nas docas.

Quarta-feira: Vigia na torre do Forte
e limpar canhões.

Quinta-feira: Inspeção e patrulha nas docas.

Sexta-feira: Busca de itens contrabandeados
e/ou perdidos na praia.

Sábado: Inspeção e patrulha nas docas.

Domingo: Folga.

Sobre as docas, Storm já tinha ensinado praticamente tudo. A segurança no farol não era nada além de ficar parada na porta de entrada, impedindo algum bêbado de entrar. Até que o faroleiro era legal, um baixinho rechonchudo que sempre dava ameixas secas para ela e qualquer outro soldado que estive escalado com ela. Só o Forte de Dover era um mistério.

Desde o primeiro dia, ela se perguntava como era dentro do enorme forte a cerca de dois quilômetros da base militar. Ele era amarelado, como se seus tijolos fossem feitos de areia. Tinha quatro torres altas com guaritas em cada uma.

Por dentro, parecia um forno. Ela subia por escadas em caracóis, o que não achava nada prático no caso de um ataque, por exemplo. A limpeza dos canhões era tão interminável, e o engraçado era usar uma espécie de cotonete gigante para limpá-los por dentro. A única parte boa era a vista.

Parece um desperdício, Mônica divagava na guarita, *um mar inteiro e não posso ir agora até lá mergulhar.* Também se sentia uma fofoqueira, porque via os casais de amantes passeando pela praia, as velhas beatas sentadas, tricotando nos bancos de madeira, e os marujos bêbados vomitando no oceano. De repente, a água do mar não parecia tão atrativa assim.

Ao voltar para o dormitório, só queria um banho e dormir, mas foi surpreendida por Faruk gritando:

— As cartas! As cartas chegaram!

O mensageiro jogou uma no colo de Mônica. O envelope amarelado dizia:

Para o soldado Franklin. De sua família.

HAVE YOU EVER SEEN THE RAIN

CREEDENCE CLEARWATER REVIVAL

Mônica abriu o envelope com muito cuidado e sentiu o cheiro; era da senhora Franklin, tão familiar. Não percebeu o quanto estava com saudades até abrir aquela carta. Dentro havia cinco papéis, cada um com uma letra diferente. Pelo jeito, todos da família a escreveram. Sentiu um calor no coração, o que era aquilo? Olhou para o lado, todos estavam com a mesma expressão no rosto, lendo atentamente suas cartas.

Voltou os olhos para os papéis. A carta de Leona era a que mais saltava aos olhos, ela tinha prendido com cera um ramalhete de lavanda seco na pontinha da carta. Além de ter vários corações desenhados pela borda. Mônica respirou fundo e leu.

Minha querida amiga Mônica,

Primeiramente agradeço muito por ter salvado a vida de Jack. Apesar de muitas vezes ele só dar provas de que não merece compaixão.

Meu irmão me contou sobre as cartas de "Amanda". Também revelou que você tentou me proteger e sei que, no fundo, ele só queria me animar. Ainda assim, fiquei devastada, chorei noite após noite até dormir com raiva.

Depois que Jack assumiu, passei uma semana sem falar com ele. Mas acabou que isso pareceu um castigo maior para mim do que para ele.

Além disso, de um jeito nada comum, eu tenho uma amiga por correspondência, agora de verdade, você. Por isso peço que me conte tudo. Soube que sua base é de frente para praia. Como é o mar? Nunca tive chance de vê-lo. Já fez amigos? Como é o clima aí? Já atirou em alguém?

Desculpe as várias perguntas, mas, como você mesma sabe, aqui tende a ser um pouco tedioso. Embora eu ache um insulto da minha parte escrever isso, visto que talvez prefira um tédio confortável daqui de casa à emoção conflitante do risco de morrer aí.

Cuide-se bem e me escreva o mais rápido possível.

Um abraço caloroso de sua amiga,

Leona.

Mônica sorriu. Leona não tinha mudado nada naquele último mês. Ela ficou feliz por Jack ter honrado a promessa e ter contado a verdade. Porém imaginou se ele não tinha feito isso com medo de que talvez ela mandasse uma carta para Leona, revelando tudo.

Pegou a próxima carta, era do senhor Franklin. A letra era elegante e a tinta era forte, deixando algumas palavras borradas. *Talvez ele estivesse nervoso quando escreveu.*

Cara Mônica,

Não perderei meu tempo com sermão lhe dizendo que foi uma completa loucura fazer o que fez. Até porque essa loucura foi o que salvou a vida do meu filho, então terá minha eterna gratidão.

Porém, peço que tenha bastante cuidado com os venenos que levou. No verso desta carta, encontrará o que cada vidrinho possui e como manipulá-los. Novamente, muito cuidado com o que vai fazer com eles.

Nunca servi, mas posso dizer que o exército é um lugar cruel, não confie em ninguém.

Como gesto de gratidão, lhe darei uma propriedade próxima à minha casa para viver com sua irmã quando retornar dos dois anos de serviço. E um pagamento mensal para que vivam sem se preocuparem com casamento ou gastos.

Atenciosamente,

Senhor Franklin.

Por mais que houvesse as melhores intenções na carta, Mônica reparou em três ordens implícitas. A primeira era sobre os venenos. Checou as bolsas, a caixa disfarçada de livro estava bem guardada. A segunda seria "quando retornar dos dois anos de serviço". O que era um aviso para não fugir como um desertor e sujar o nome da família Franklin. E a terceira era quase uma chantagem, trabalhe até o fim do serviço e ganhe uma casa para você e sua irmã.

Ou simplesmente tudo pode ser fruto da minha mente desconfiada, já que recuso qualquer forma de carinho e amor.

A carta da senhora Franklin era a menor, só tinha um parágrafo.

Pequena Mônica,

Entendo o quanto uma mulher pode se sentir responsável por aqueles que ama. Mas o que fez pela minha família foi algo heroico e muito maior do que eu poderia imaginar. Minha preocupação agora pousa em ti da mesma forma que pousaria no meu filho. Por isso, fiz meu marido criar um fundo de pensão em seu nome. Use-o para comprar cobertores grossos e casacos quentes, além de algo que queira comer na folga.

Sempre conte comigo,

Kaia Franklin.

Mônica, então, entendeu a razão do quinto papel; era um comprovante para usar no banco quando quisesse trocar por dinheiro. Era esquisito aquela preocupação toda. Já tinha sentido uma certa inveja de Dominick quando a mãe gritava na porta para ela não esquecer o casaco. Só que era a primeira vez que sentia a sensação de ser protegida. *Gostei*. A garota sorriu.

Ela estava evitando a última carta. A dele. Todos agradeceram, ele também agradeceria. Mas o medo era grande. Ela não sabia exatamente do quê. *Talvez ele tenha se irritado. Não dei a ele uma escolha, tomei a decisão por ele.* Mônica respirou fundo e começou a ler.

Cara senhorita Mônica,

Meu pai sempre fala para eu me impor como um homem, mas ele não entende. Minha mãe sempre me explica que não posso levantar muito a voz, mesmo quando eu estou com razão, para minha segurança.

A questão é que todos me dizem o que fazer. Mas a senhorita me ouviu. E então agiu. E me salvou.

Então, por mais que eu não tivesse os melhores ~~apreços~~ esmeros pela senhorita no começo, sou forçado a abrir um largo sorriso ao pensar no que fez.

Portanto, fico feliz em lhe conceder a grande honra que é ter a minha amizade.

Posso não ser tão caloroso quanto o resto da minha família. Mas saiba que minhas saudades são tão grandes, se não maiores que as deles. Espero sua carta em resposta.

Do seu mais novo amigo,

~~Sr Franklin~~ Jack.

Se qualquer outra pessoa lesse essa carta, pensaria que ele foi meio seco e não agradeceu abertamente em nenhum momento, mas Mônica sabia como tinha sido difícil para Jack escrever cada uma daquelas palavras. Ela abriu um largo sorriso, levou a carta ao peito e deitou.

Olhou para fora. Não parava de chover. Não parecia tão dramático assim agora. Pensou em todas as músicas com chuva na letra, eram muitas. Queria uma feliz, então se lembrou de *Have you ever seen the rain*, de Creedence Clearwater Revival. Tamborilou os dedos no batente da cama ao som da bateria e começou a cantar baixinho. Porque *há uma calmaria antes da tempestade*. E tudo bem, ela poderia aguentar.

UNSTOPPABLE

SIA

— Temos um espião entre nós.

Essa foi a primeira frase que Mônica ouviu de Storm, nenhum bom-dia, nenhum "acorde, por favor", foi no seco. Poderiam ser três horas da manhã, ou duas, ou quatro. A garota só sabia que Storm estava agachada ao lado da sua cama com os olhos do tamanho de uma coruja. Ela só se virou e tentou voltar a dormir, achando que aquilo era um sonho estranho.

— Ei, não me ouviu? — Storm a cutucou.

— Que é, cara?

— Temos um espião entre nós.

— E você quer que eu faça exatamente o que a essa hora?

Mônica se sentou na cama, irritada.

— Fique de olho nos recrutas, relate qualquer atitude suspeita.

— Como sabe que não sou a espiã?

Mônica cruzou os braços. A capitã deu o maior olhar de deboche que conseguiu.

— Então é a pior espiã do mundo, sutil como um canhão.

— Você realmente me acordou de madrugada para me ofender?

Ela coçou os olhos.

— Volte a dormir e não conte o que falei para ninguém.

— Beleza.

Mônica se cobriu e sonhou com um episódio de *Três espiãs demais.*

𝄞

A manhã não foi tão divertida quanto a noite. Na verdade, foi um tédio. Era o dia de fazer a segurança do farol. Ela ficou feliz por o seu colega de serviço ter sido Faruk, seria insuportável se fosse Adams.

— Ei, Faruk. — Os dois estavam apoiados na porta do farol. — Estou do seu lado se quiser dar uma surra no Adams.

— Por que eu iria querer isso?

Mônica franziu o cenho.

— Ele foi estúpido com você aquele dia e vive o perseguindo.

Faruk sorriu.

— Não é como se eu não estivesse irritado. Levi *é irritante*. — O sotaque dele era gostoso, com um "r" arrastado. — Mas prefiro seguir o conselho da minha mãe: o que me fazem de bom, eu escrevo no coração; o que me fazem de ruim, escrevo na areia.

— Gostaria de receber conselhos assim.

— Não recebe bons conselhos da sua mãe?

— Seria bom ter uma mãe para dar conselhos. Mesmos os ruins.

Houve um breve silêncio.

— Conhece alguma piada? — Faruk perguntou, sentindo-se constrangido.

— Depende. Conhece a piada do "não, nem eu"?

— Não.

— Nem eu.

Ele riu muito, bem mais do que Mônica esperara. O garoto simplesmente chegou a chorar de tanto rir. Ela achou estranho, mas depois notou que nenhuma piada do futuro existia nessa época e todo repertório que ela tinha era completamente inédito.

Ela se esforçou muito para contar todas as piadas que conhecia para Faruk, mas a maioria envolvia objetos e pessoas — por exemplo, como explicaria o que era um ônibus, ou avião, ou uma boate? Além disso, algumas delas dependiam de trocadilhos em português, um idioma que o outro soldado não conhecia.

𝄞

O fim da tarde era o horário preferido de Mônica, não porque saía do serviço, mas era a vista. O sol batia na lateral do penhasco, deixando-o dourado. O mar reluzia como ouro; era como ver um caminho encantado pelo oceano. A areia gelada enroscava nos pés, e a água ficava levemente mais morna.

De vez em quando, encontrava uma concha e a guardava em uma bolsinha de couro. Não era exatamente a coleção de carrinhos do *Hot wheels* que sonhava em ter, mas era bonito de se ver.

Mas, naquele cair da tarde, aconteceu algo que tornou aquele dia infinitamente mais interessante. Uma criança de uns seis anos chegou com um papel e entregou para Mônica.

— Da capitã Storm — ela disse, ofegante, e foi embora.

— O que diz aí? — Faruk perguntou, e Mônica tentou ler o mais rápido possível.

— Ela diz para eu reunir alguns soldados que estiverem disponíveis e encontrá-la no galpão vinte e quatro, próximo ao cais no fim do nosso turno. Discretamente. Quer ir também?

Ele confirmou com a cabeça e ambos foram para o alojamento. Procuraram por Ziggs, mas ele ficou com o turno da noite no forte. Infelizmente, levaram Adams. O foco de Mônica passou a ser o que Faruk havia dito sobre a areia.

Ela reuniu cerca de quinze homens e, ao chegarem no galpão, encontraram-no vazio. Bom, não totalmente, havia caixotes e barris por toda parte. Mônica sentiu um cheiro de amora com cravo, e aos poucos o lugar foi ficando escuro. Os soldados acenderam seus lampiões e esperaram. E esperaram. E esperaram. Mas a capitã não apareceu.

Ao sentirem cheiro de queimado, todos saíram do galpão e viram que um outro galpão pegava fogo. A fumaça cobria todo o céu.

— O que vamos fazer?

— Temos que ajudar! — um dos recrutas falou, e todos correram até lá.

Mas já era tarde. A cortina de fumaça virou uma pilha de cinzas. Eles ficaram lá parados, vendo o estrago, até que Storm apareceu correndo na direção deles.

— O que houve? Vi o estrago lá do forte!

— O que estava fazendo no forte? Por que não foi nos encontrar?

Levi estava vermelho pela fumaça.

— Encontrar vocês? Por que faria isso?

Ela pareceu sinceramente surpresa e todos olharam para Mônica.

— Seu bilhete. Me entregaram no farol.

Ela estendeu o papel.

— É verdade, eu estava com ele — Faruk confirmou.

— Esta não é minha letra... Espere um minuto. — Storm estreitou os olhos. — Onde exatamente estavam me esperando?

— No galpão vinte e quatro, como diz o bilhete — Mônica prontamente respondeu.

— O bilhete diz claramente quarenta e dois.

— E foi esse o galpão que pegou fogo... Foi uma emboscada. — *O espião,* concluiu Mônica, ouvindo. — Se estivessem ali, estariam mortos. Surdo, seu erro salvou a vida de todos.

BABY IT'S COLD OUTSIDE

IDINA MENZEL & MICHAEL BUBLÉ

Mônica chorou. As lágrimas caíam como se seu coração se desfarelasse. Ninguém do batalhão entendia aquilo. Era para estar feliz, afinal, tinha salvado a todos. Só que ninguém sabia sobre seus problemas com números.

Quantas vezes amaldiçoei meus olhos que trocavam os números? Parecia uma punição que recebi pelo meu pai ter errado tanto. Só não faz sentindo essa complicação ser logo minha, e não dele. Não fazia sentido. Até agora.

A alma parecia tão leve. Só ela poderia ter lido aquele bilhete errado. Aquele era literalmente o único déficit que poderia ter salvado todos ali. Até Levi sorriu para ela e lhe deu um tapinha nas costas, agradecido.

Era tão *inacreditável.* Storm a sacudiu pelos ombros.

— Se recomponha! Entendo o choque, mas vamos voltar ao alojamento para discutir o que aconteceu aqui.

Mônica piscou algumas vezes, olhou para as próprias mãos. *Talvez seja um superpoder, talvez eu seja como o Percy Jackson.* Storm, sem paciência, empurrou-a para frente, e ela finalmente acordou para realidade.

Ao chegar no galpão, o único pensamento na cabeça da garota era escrever para Jack sobre o que tinha acontecido, mas Storm queria *muito* alertar a todos sobre não confiar em ninguém fora dali. Um discurso muito longo sobre traição, ordenando que todos sempre andassem em pares e não ficassem sozinhos nem nas folgas. A cabeça de Mônica estava balançando de sono; já tinha trabalhado, ido nas docas, assim como se sentira estressada e aliviada. Era demais por um dia. *Isso é ser adulto? Porque parece bem chato.*

Ela dormiu no instante em que Storm saiu dos alojamentos e, quando acordou, percebeu uma movimentação estranha. Ziggs estava estranhamente animado e sacudia Mônica, ainda na cama.

— Surdo! Surdo! Não está animado? Dezembro chegou! O Natal está chegando!

— Dezembro? — Ela arregalou os olhos.

Há quanto tempo estou aqui no passado? Meu aniversário passou e nem sequer comemorei? Ah, não, será que Marina passou sozinha? Ela está bem? Vai ser o primeiro Natal separadas. Ela fechou os olhos e balançou a cabeça, triste.

— Então não está animado?

Ziggs a encarou, ainda estava olhando para ela, esperando uma resposta.

— Não é isso, só saudades da família.

— Sei como é.

Ziggs lhe deu um tapinha nas costas e saiu andando, agitado.

Mônica se sentou na cama e olhou em volta.

Um pinheiro estava no canto do alojamento, com vários castiçais de velas apoiados nos galhos. *Um belo risco de incêndio*, Mônica concluiu, mas não falou em voz alta para não estragar o clima. Alguns fitilhos verdes foram presos nos batentes das camas.

— Achei que o Natal tinha sido inventado pela Coca-Cola — ela pensou em voz alta, surpresa por o comemorarem no século XVIII.

— O coronel Evans veio de manhã e avisou que teríamos turnos menores e mais dias de folga esse mês, já que o comércio fecha. —

Faruk apoiou a mão no ombro de Mônica e ofereceu um biscoito coberto de açúcar. — Vamos a uma pousada jantar a semana toda, a dona é tia de um dos soldados e vai deixar aberto para nos receber.

Não foi nem um convite, estava mais para uma imposição. Ela também notou que todos a olhavam, sorrindo. Achou que estivessem zombando, mas era algo diferente.

— Aliás, nem o agradeci por ter nos salvado ontem. Não sei se foi um erro de leitura ou uma intervenção divina, mas ainda bem que você estava lá.

Era isso, Mônica concluiu: gratidão. Todos a olhavam, admirados.

𝄞

A noite caiu rápido. Todos estavam felizes, um contraste estranho à noite anterior, quando estiveram bem perto da morte. *Estranho*, pensou Mônica, *eles não se importam ou já estão acostumados com atendados à vida?*

Seguiu os soldados penhasco abaixo para as docas. A pousada parecia uma estrela solitária, a única luz acesa de toda a rua. O comércio realmente fechava e levavam isso a sério. A entrada da pousada parecia com um restaurante familiar. Simples, tudo em madeira, com mesas redondas e cadeiras com os encostos de hastes. As lamparinas foram presas nas paredes e havia algumas velas espalhadas pelas mesas junto da ceia. As comidas foram caprichadas: tinha pudim de Yorkshire, trifle, couve de Bruxelas e mince pie. A semelhança entre todas essas comidas era Mônica nunca ter visto nenhuma delas.

Até que o cheiro estava bom, mas ela brigaria com o Godzilla se pudesse morder de novo uma fatia de pizza. Para ela, a melhor música de Natal era *Baby it's cold outside*. Por mais que a letra fosse controversa e estranha, a melodia era aconchegante e melosa, como aquela época do ano deveria ser.

A tia do tal soldado parecia cansada. Ser dona de uma pousada deveria ser estressante, ainda mais depois de não folgar e ter de cozinhar para um monte de soldados adolescentes e esfomeados. Ela e Faruk se aproximaram dela para agradecer pela refeição, enquanto todo o resto atacava os quitutes como animais.

— Desculpe pelos meus amigos — o tal soldado, sobrinho da dona, falou, envergonhado. — Eles estão com muita fome e a sua comida é a melhor.

Ela assentiu com a cabeça, com um sorriso gentil, e se sentou atrás da bancada, secando os copos com um pano de prato.

— Por pouco, não seríamos liberados. A capitã queria que ficássemos atentos, por conta do espião, e queria cancelar as folgas do Natal. Mas o coronel insistiu, porque tradição é tradição — Ziggs comentou com uma coxa de peru na mão.

— Cancelar o Natal? Nem o rei se livrou de perder a cabeça quando tentou fazer isso — um soldado gordinho, amigo de Adams, falou, sentado na escada.

— Não seja tão dramático... — Mônica retorquiu.

— Não. É verdade! Meu avô me contou. No fim da Guerra Civil Inglesa, quando o rei Carlos I e Oliver Cromwell disputavam o poder. De um lado, o catolicismo e do outro o protecionismo. — Levi deu uma mordida no pudim de Yorkshire. — Só que, quando os protestantes ganharam, proibiram o Natal por ser muito exagerado, ou sei lá... Aí a população ficou furiosa e teve uma segunda guerra civil. E então mataram o rei.

— Mas ele não tinha sido morto por traição? — Ziggs perguntou.

— Sim e não. Ele ficou com medo e fugiu para a Escócia. Quando tentou negociar um acordo, foi morto por traição.

Os soldados fizeram um coro de "ah, sim" e voltaram a comer.

— Mas quem é o rei atualmente? — Mônica perguntou.

Todos olharam para ela, desacreditados, e riram, acreditando ser piada. Mas Faruk sussurrou no seu ouvido, solidário:

— A rainha Ana morreu sem deixar herdeiros, então a Inglaterra é liderada pelo Parlamento agora.

Mônica sibilou um "valeu", pegou um pouco de trifle e colocou em uma tigela; os morangos pareciam tão saborosos. Ela olhou em volta. Era difícil relaxar, mas ali isso era quase possível. Todos rindo, comendo, falando futilidades.

Era uma pequena fração de ser adolescente de verdade.

Alguns se empolgaram e decidiram fazer a roda de treinamento ali mesmo, no porto. Mônica se animou com uma possível revanche contra Levi e já o desafiou. Os dois se posicionaram no píer e andavam em círculo, encarando-se.

Levi foi o primeiro a atacar. Tentou um soco, seguido de um chute, mas Surdo desviou de ambos. Ela respirou fundo. Lutar era algo racional, não emocional — não lembrava se tinha aprendido isso com Storm ou em *Karatê kid*. Agora era como se visse o adversário em câmera lenta, previsível.

Segurou um soco de Levi, torcendo seu braço e chutando suas costas para fora do píer, direto na água, que estava congelante. Ela esticou a mão para ajudá-lo, mas ele recusou e saiu do mar sozinho, tremendo. A dona da pousada o secou e lhe deu roupas novas e secas. Enquanto isso, todos parabenizavam Surdo enquanto seguiam para a próxima luta.

𝄞

Já era madrugada quando Mônica voltou para o alojamento, triunfante e sozinha.

A neve caía tinha um tempo, havia uma fina camada cobrindo o píer. Mônica jamais tinha sonhado ver a neve cair em uma praia. Os flocos caíam no mar. *Tudo de volta ao começo.* Era quase poético, se não fosse o frio quase paralisante. Uma lufada de ar bateu e fez Mônica se arrepiar inteira. *Será que Marina está vendo essa neve?*

Na volta, Storm estava na porta do alojamento, sozinha, olhando as estrelas. Ela perguntou para Mônica, sem desviar o olhar do céu:

— Você acredita em Deus?

— Olhe, depois de tudo isso, é difícil não acreditar... — Ela pensou na viagem no tempo, mas também no que tinha acontecido no galpão e como aquilo não poderia ser apenas coincidência. — É estranho demais, encaixado demais. Como se tudo que eu disse fosse uma nota musical e lá de cima Deus nos visse como uma sinfonia.

— Eu diria que a minha música é bem triste então — Storm comentou, abrindo-se pela primeira vez, pelo que Mônica conseguia se lembrar. — Mas deixe isso para lá. Você precisa de uma condecoração... Surdo? Digo, Mônica... Qual é mesmo seu sobrenome? Porque Franklin não deve ser.

— Silva. É bem comum e chato de onde vim. Não é imponente como Storm.

A capitã sorriu, o que era muito raro.

— Acha mesmo que meu nome é Storm? — Mônica fez que sim com a cabeça, e ela sorriu ainda mais. — É um apelido, como Surdo ou Ziggs. É porque sempre chego na batalha como uma tempestade.

— Então qual seu nome de verdade?

— Emma Teach.

RANDY DANDY-OH

THE DREADNOUGHTS

— Nome legal — Mônica comentou, mas, pelo olhar de Emma, dava para saber que ela esperara uma reação de choque, o que não foi o caso. — Eu... deveria conhecer?

— Bom, eu é que estou surpresa, mas você pode não ter associado. Edward Teach, o Barba Negra, o sanguinário pirata, era meu pai.

Mônica arregalou os olhos. Não sabia bem o que dizer.

— Isso explica muita coisa... — As duas caíram na gargalhada. — Mas... como chegou até aqui?

— Eu cresci no mar. Meus pais eram piratas, então eu também era pirata. Mas, com mais ou menos a sua idade, fui começando a perceber que o mundo tinha mais a oferecer do que saques e pilhagens. Eu costumava tocar violino, e todos gostavam quando eu e o cozinheiro, Javier, fazíamos um dueto, afinal, quem não ama uma festa? Só que comecei a gostar mais de tocar violino do que de navegar, saquear, do que *qualquer outra coisa.* — Mônica tinha a mesma ligação com o piano, sabia do que Storm, ou melhor, Emma estava falando. — Eu também estava cansada de matar, parecia tão banal para eles, mas passou a me enojar, não conseguia olhar nos olhos dos meus pais. Uma noite, planejava ir até o quarto do meu irmão, Mateo, e levá-lo embora. Só que eles sabiam do meu plano, suspeitavam que eu faria algo do tipo e me deixaram ir, na condição de que deixasse Mateo lá. Meu coração ficou apertado, porém eu não teria muitas chances como essa. E fui.

Mônica tinha muito no que pensar. Isso de proteger o irmão e não conseguir parecia muito com a história dela, além da ligação com a música. Era como se Emma fosse a própria Mônica, mas dez anos mais velha e em uma versão pirata.

— Depois que parti, poderia ter ido para qualquer canto do mundo. A Inglaterra não seria minha primeira escolha. Ainda assim, roubei dois cadernos contábeis do navio e troquei um deles pelo perdão real, uma grande quantia em ouro e a maior posição que poderiam dar a uma mulher em um batalhão costeiro. Mas eu tinha um bom motivo: talvez este país fosse a única alternativa do meu irmão, caso ele seguisse meus passos, e eu queria estar na praia, para ajudá-lo quando ele viesse.

— Por que seria a única alternativa dele?

— Podemos ter nascido no mar, mas nosso pai, o Barba Negra — falou o nome com deboche e um gesto exagerado com as mãos —, era inglês. Então somos ingleses, é a melhor opção quando se trata de anistia.

— Disse que roubou dois cadernos, mas só trocou um. Por quê?

— Boa pergunta. É meu plano de aposentadoria... — Ao ver o rosto confuso de Mônica, a mulher arqueou as costas e suspirou. — Em algum momento, a Inglaterra pode encontrar um monarca que não vá muito com a minha cara. Quando acontecer, aquele caderno será minha segurança. Ou quando meu irmão vier, vou trocá-lo por um lugar em uma boa escola de música e uma casa para nós dois no interior. Bom, agora que sabe meu segredo e a minha história, me acompanhe até o enforcamento?

Mônica inclinou a cabeça e franziu o cenho.

— Como é?

— Ah, então... Toda semana enforcam piratas na praça daquela cidade. — Emma apontou para pontinhos de luzes que se formavam depois de uma estrada que saía das docas. — Eu sempre vou lá para ter certeza de que meu irmão não está entre eles.

Olhou para o chão, com a mente distante.

— Vou, sim, conte comigo!

Mônica se levantou e estendeu o braço.

As duas apertaram as mãos. Não estavam mais sozinhas. A esperança cresceu de que um dia encontrariam seus irmãos perdidos.

𝄞

A recruta não conhecia muitos lugares na Inglaterra, por isso estava animada para descobrir o que havia na cidade vizinha. Ela contou os dias, mas em segredo, afinal ninguém sabia que ela acompanharia a capitã Storm em uma viagem. Ninguém se importava, na verdade. Cada um só se preocupava com a própria folga.

No dia combinado, ela foi até o estábulo, atrás de Areia, que estava com o pelo dourado cada vez mais brilhante. Selou-o e estava pronta para montá-lo quando Emma apareceu, estranhando a situação.

— O que está fazendo?

— Ora, o que parece? Estou montando o cavalo.

Emma olhou muito seriamente para o cavalo.

— Como vai fazer isso com a sela ao contrário?

A capitã cruzou os braços.

— Foi por isso que doeu tanto quando cavalguei para cá.

Emma balançou a cabeça, impaciente, e a ensinou a selar corretamente Areia, que relinchava, incomodado. Logo as duas viram o Castelo de Dover diminuindo e virando um castelo de areia pequeno à medida que se afastavam.

Mônica fitou as próprias unhas, que estavam quebradas e sujas. Suspirou e olhou para Emma, que estava toda suada.

— Acho que só posso conversar sobre isso com você... Tipo, não sente falta de se sentir feminina?

— Mas que papo é esse? — Storm a encarou, séria. — Está dizendo que não sou feminina?

— Não é isso. É só que, sei lá... Eu costumava pintar as unhas com várias cores, passar hidratante, fofocar com Dominick no intervalo. Mas parece uma eternidade desde a última vez que olhei no espelho.

— Eu entendo metade do que quer dizer... Sinto saudade da minha mãe, ela costumava ser durona e me repreendia na frente dos tripulantes. Mas, quando estávamos sozinhas, ela passava óleo de coco e trançava meu cabelo.

— Feminilidade é um conceito muito abstrato. — Mônica ergueu o rosto, o céu estava azul. — Você sente. Transmite. Só que é muito difícil descrever.

— Como pode ser tão inteligente para umas coisas e tão burra para outras? — Emma sorriu. — Consegue dizer algo tão profundo, mas não sabe nem selar um cavalo direito?

A estrada de barro batido e grama rala se estendia até onde a vista alcançava. Parecia que demorariam uma eternidade até chegar, porém Mônica foi cantando e ensinando o que era pop, rock e jazz para Emma. Esta, por outro lado, ensinou canções de piratas para a soldado, que achou muitas delas pesadas e estranhas. Até que a capitã começou a cantar *Randy Dandy-Oh*, cuja melodia Mônica reconheceu imediatamente.

Now we are ready to head for the horn
Way, hey, roll an' go!
Our boots an' our clothes boys are all in the pawn
To be rollickin' Randy Dandy-Oh!
Heave a pawl, oh, heave away

Way, hey, roll an' go!
The anchor's on board an' the cable's all stored
To be rollickin' Randy Dandy-Oh!

— Como conhece essa música? Ouviu no porto?

— Não, ela tem a mesma melodia de muitas músicas folks da minha épo... digo, de onde eu vim.

Ela sorriu nervosamente, percebendo que quase falara da viagem no tempo. *E lembra muito as que ouvi nos filmes* Piratas do Caribe.

Então Mônica começou a contar todo o enredo de cada filme da franquia, enquanto Emma a olhava, confusa, imaginando se tratar de uma peça de teatro.

— Espere um minuto. Então acham que a filha do Barba Negra, no caso eu, me apaixonei por um tal de Sparrow e nem citam minha mãe, a Sereia Negra?! Além disso, ainda dizem que ele é mágico? Que controlava as cordas e velas do Vingança do Rainha Ana?! Esse povo inventa cada uma...

— Por que parece tão absurda a ideia de se apaixonar? Nunca pensou em se casar?

Então Emma lembrou a idade de Mônica. Ela deveria ter uns catorze ou quinze anos, e ela vinte e quatro. Havia certas durezas da vida complicadas demais para explicar a uma menina tão jovem e inocente.

— Houve um homem, uma vez. Ele também tocava violino. Nossos ritmos eram diferentes.

E, com isso, ficaram em silêncio pelo restante do caminho, até chegarem em uma clareira perto do anoitecer. Mônica foi a primeira a falar enquanto buscava a lenha.

— Eles não responderam nenhuma das minhas cartas...

— Eles quem?

— A família Franklin, a que me acolheu.

— Eles ou *ele*?

— O quer dizer com isso?

— Você sabe muito bem.

— Bom, fiquei poucos meses lá, digo, não foi muito tempo, né? Estou há quase um ano no batalhão e ainda odeio algumas pessoas. — Ela pensou em Adams e deu uma risada. — Mas, naquela casa, passávamos o dia todo juntos. Eu e Jack, quero dizer... Ele querendo ou não, se tornou meu melhor amigo, e contei algo a ele que não contei a mais ninguém. — Ela pensou na discalculia. Em seguida, sentiu a raiva borbulhando no sangue. — Ele poderia ter a decência de responder às minhas cartas. Pelo menos, o *restante* da família poderia.

— Eles já têm o que precisavam de você — Emma respondeu, seca.

— Não são esse tipo de pessoas.

— São pessoas. Ponto.

Mônica suspirou enquanto Emma montava a fogueira. Ela tinha muito a dizer, mas sentiu o clima tenso. Sabia que a capitã estava ansiosa com a esperança de reencontrar o irmão. Então só se sentou em um tronco deitado, perto da fogueira, e esfregou as mãos, com frio. As duas comeram pão preto e dormiram em cima de algumas peles de urso que Emma tinha trazido.

𝄞

Pela manhã, Mônica se levantou assustada ao ser atingida pela água gelada que Emma jogou em sua direção. *Por que sempre sou acordada assim?* Mas decidiu não questionar, já que o sorriso dela ia de orelha a orelha, animada com a pequena chance de Mateo estar por perto. Ela não esperou a recruta tomar o dejejum, só arrumou toda a bagagem e apagou a fogueira, já montando no cavalo. Emma pousou o olhar nela. *Vamos logo*, era o que dizia com os olhos.

As duas se aproximaram da cidade. Era um lugar simples e as casas não pareciam diferentes das do porto, mas a movimentação era grande. Parecia uma festa: as pessoas estavam sorridentes, seguravam pequenas bandeiras das mais variadas cores, inclusive as crianças. E Mônica ficou empolgada, pelo menos até ver do que realmente se tratava.

Havia um palanque, um carrasco e uma forca. As pessoas daquele lugar estavam empolgadas para ver um pirata sendo enforcado. *Que macabro!* A garota levou a mão à boca, horrorizada. As duas se aproximaram da multidão que assistiria ao "espetáculo".

Só havia um rapaz no palanque, ao lado do carrasco. Ele era alto, com a pele cor de ébano. No cabelo, *dreadlocks* amarrados em um rabo de cavalo. Não transmitia nenhum nervosismo; o olhar distante. Aquele provavelmente não era o irmão de Emma. Mônica olhou para o lado, na tentativa de confortá-la, mas a perdera de vista.

Encontrou-a no palanque, sussurrando algo ao carrasco, que concordava com a cabeça. O pirata desceu do palanque junto com Emma, e os dois conversaram com um marquês na parte de trás de um barracão. Mônica não enxergava nem entendia nada do que estava acontecendo.

Após alguns minutos, Emma foi em direção a Mônica, com o pirata ao seu lado. Ele a olhou, assustado, como se tivesse visto um fantasma, mas logo depois deu um sorriso amigável.

— Essa é a recruta que acabei de falar, Mônica. — A garota lançou um olhar desesperado para a capitã, pois ela tinha acabado de revelar que era uma mulher. — Fique tranquila, ele é tão confiável quanto eu. E um antigo amigo de tripulação.

O rapaz esticou a mão para Mônica, sorrindo.

— Muito prazer, senhorita. Pode me chamar de Javier.

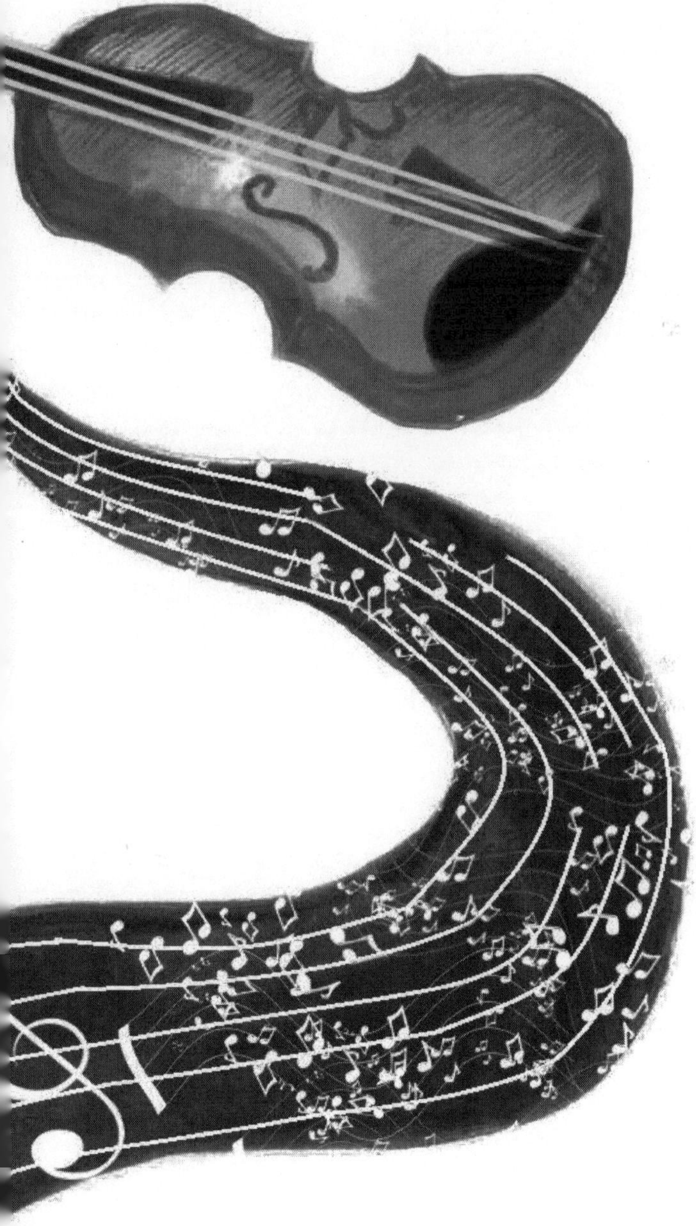

O MUNDO É UM MOINHO

CARTOLA

Só precisou de três segundos para Javier saber o que fazer. No momento em que a viu, percebeu de cara que não era Marina, até porque Mônica tinha algo que nunca tinha visto em Marina: *um olhar assustado*, ele pensou com o sorriso malicioso. Estava óbvio que aquela era a tal irmã morta da "nova capitã", só que ela não morrera e Marina não sabia disso.

Ah, sua mente começou a fervilhar, *eu posso usar isso de tantas formas.* Obviamente, primeiro tinha de parecer confiável. O que não era difícil, já que não tinha nada contra essa irmã, só queria matar lentamente *a outra*.

No instante que Emma surgiu no palanque, Javier havia pensado que já tinha morrido e encontrado a pessoa que mais amou em vida. Mas era real, tudo era real. Emma estava mais linda do que nunca, com os cachos pretos caídos em seu rabo de cavalo, aquele sorriso arteiro e um jeito único de salvar a vida dele.

Quando o tirou de lá, livrando-o da forca, agora magicamente como um homem livre, ele só quis abraçá-la por cem anos, mas o cumprimento não durou mais do que dez segundos. Agora estava em um empasse sobre o que fazer, porém Emma, como sempre, tinha um plano.

— Você vai se tornar um corsário. Foi o que negociei com o marquês.

A garganta dele amargou só de ouvir a palavra.

— Corsário? Eu não vou ser um traidor...

— Agora você é e não tem como voltar. — Ele deu um suspiro triste. — Pare de ser mal-agradecido! Se eu chegasse uma hora depois, estaria velando seu corpo agora.

— E você choraria muito?

Ele deu um sorriso maroto.

— Ah, pare com isso...

Mônica olhava a cena, sentindo-se completamente esquecida pela capitã. Os três se afastaram da cidade. Javier ia na garupa do cavalo de Emma.

— Pode me contar um pouco da sua história? — Mônica não aguentou não fazer parte da conversa.

— Bom, acho que Emma contaria melhor. Mas vamos lá... Sobre a minha infância, não tem muito o que dizer. Cheguei cedo no Vingança do Rainha Ana, me tornei cozinheiro e, por sorte, tive Emma aqui para me ensinar a tocar violino e Navin para me ensinar todo o resto.

— Aliás, como ele está? — Emma perguntou, animada, feliz por finalmente ter notícias de "casa". Javier fechou os olhos, a dor ainda era cortante. Emma parou o cavalo e respirou fundo. — Quando?

— No momento em que fui expulso.

— Expulso? O que houve? Foi durante um saque?

— Não. Uma das tripulantes, Raio Rubro, o matou. Ela tentou tomar o poder da sua mãe, mas não conseguiu.

— E minha mãe? — Emma quase caiu do cavalo, aflita. Resolveu descer para entender o que estava acontecendo. — Ela...

— Não tenho como saber. Pouco antes de sair, ela estava ferida, mas viva.

Emma fez que ia vomitar, mas não o fez. Era muito para digerir. Obviamente, ele tinha deixado de fora o motim. Ela não precisava saber que parte disso era culpa dele, por mais que ele odiasse admitir.

— Meu irmão...

Ela começou a tremer.

— Se acalme.

Mônica a abraçou. Emma continuou a vacilar.

— Ele está seguro. Raio Rubro o protege.

— Essa escória! — Emma gritou enquanto soluçava, chorando. — Vou matá-la, juro que vou!

— Entendo como se sente, Navin *a criou*, Emma. Ele a amava muito. Nem eu mesmo imaginava que ela seria capaz de algo tão absurdo.

Mônica não sabia bem o que fazer. O choro de Emma foi silencioso e não durou muito. Eles cavalgaram em silêncio por algumas horas, até que tiveram de pernoitar já próximos ao porto. É claro que poderiam ir mais além e já estariam de volta, mas a garota notou que Emma precisava de um tempo.

— Pela manhã, você se apresentará ao coronel que deixará um navio sob seu comando.

— Já disse que sou um cozinheiro, não um traidor. — Emma não disse nada e só o olhou, séria. Não estava com humor para discussões. — Eu... aceito o trabalho por um tempo — emendou. — Mas não tenho nenhuma experiência comandando um navio.

— O título de corsário é apenas para guiar até as rotas piratas conhecidas e que for do interesse da coroa.

— Então não posso ir atrás da Raio Rubro se eu quiser?

— Não. A menos que estas sejam as suas ordens. E se quiser o meu conselho... Tome muito cuidado no primeiro mês embarcado. Os tripulantes não serão seus amigos e muitos podem ser leais à Inglaterra, mas não necessariamente leais a *você*.

Ele fechou os olhos, contrariado. Se pudesse escolher, ficaria ali com Emma, mas ele não tinha tanto valor quanto ela. Afinal, a filha de Barba Negra tinha o peso da escolha de ficar onde quisesse.

Todos dormiram em volta da fogueira, Javier com mais dificuldade. Imagens do corpo de Navin e da espada de Marina ensanguentada remoíam o cérebro dele. De novo e de novo. Até que se sentou de supetão. Emma permanecia dormindo, mas Mônica o olhava, analisando.

— O que faz acordada? — ele perguntou com voz de sono.

— Estou com o turno de vigia. Nunca se sabe *quem* vai aparecer.

Ela desviou o olhar dele e fitou o crepitar da fogueira; as chamas lambiam a madeira e dançavam até tocar no céu escuro.

— Parece não confiar em mim. — Ele estranhou.

— Ainda não me deu motivos para isso.

— Realmente não é igual a ela...

Ele lembrou que Marina confiava em qualquer um que aparecesse.

— A quem?

— Ninguém. Esquece. Vou voltar a dormir.

𝄞

A manhã foi um pouco mais esperançosa. Comeram os poucos suprimentos que trouxeram. Emma explicou os detalhes de como falaria com o coronel Evans e os cuidados que teria de ter na vida de corsário. E o coronel não foi exatamente simpático.

Mas Javier não era o tipo que se ofendia, era o tipo que fazia exatamente o que a outra pessoa queria para conquistar a confiança. Por isso, foi simpático, solícito e obediente e em questão de poucos minutos recebeu a carta de corso.

Javier não imaginara que partiria tão rapidamente. As provisões, tripulação e navio foram preparados na metade de um dia. Era tudo tão organizado, tão equipado, tão *chato*. Passaria meses no mar, como de costume, mas com homens estranhos e que certamente só obedeceriam por lealdade ao país e não a ele. O que era sempre perigoso.

Sempre preferira agir no silêncio, na estratégia e até mesmo na cozinha. Era um homem de suporte, não de liderança. Seria muito melhor navegar com Emma no comando, que valia por cem daqueles marujos frouxos. E, ao pensar nela, sentiu saudades antecipadas e agonia por não contar a ela toda a verdade, porque, se existia alguém que confiava e amava, era ela. Por isso foi tão difícil não esclarecer tudo quando se despediram no porto.

— Nunca pensei que o veria com esse uniforme azul-escuro. — Ele esboçou um sorriso torto. — Não está me escondendo nada, Javier?

Ela consegue ver que estou mentindo?

— Sim, estou escondendo uma vontade enorme de abraçá-la e não soltar mais. Sentirei sua falta.

Emma o encarou com os olhos semicerrados e o abraçou. Existia um motivo para não estarem juntos, ela sabia.

— Você nunca foi chegado à honestidade e sempre teve uma queda pelo poder — ela sussurrou em seu ouvido enquanto ainda o abraçava. Ele estremeceu. — Mas como nunca traiu minha confiança, vou dar o tempo que precisar.

Ela se desvencilhou e colocou a mão em seu ombro, apertando a ponto de doer. Era um aviso.

Ele subiu a bordo, pegou no timão e sumiu na alvorada. Javier partiu sem olhar para trás, enquanto Emma não desgrudou os olhos do navio até ele desaparecer no horizonte.

Mônica viu o semblante dela cair e se aproximou. Não entendia toda a história, mas entendia que ela o amava e que talvez não ficassem juntos. Pôs a mão em seu ombro, e ambas se sentaram na areia da praia, vendo o sol se pôr.

— Um barco ancorado é seguro, mas não é para isso que os barcos foram feitos. — Lembrou-se de uma citação de John A. Shedd, que Marina costumava comentar. — Eu o esperei se afastar para perguntar, como o livrou da forca? Impôs sua patente?

— Não. Entreguei o caderno contábil.

— Sua segurança.

— Sim. Estou à própria sorte agora.

ENCANTADOR

ERNESTO NAZARETH

A patrulha pela praia era a parte mais divertida do trabalho. Daquela vez Ziggs e Faruk estavam com Mônica, que roía as unhas enquanto olhava a entrada de uma caverna. Ela percebeu que as unhas tinham gosto de pólvora e cuspiu. Ziggs revirava o rochedo em busca de cacos de vidro, para os turistas desavisados não se cortarem.

— O que é aquilo? — Faruk perguntou, apontando para o mar.

— Parece um pontinho preto no mar... — Mônica soltou. — Aliás, me lembre de contar essa piada depois...

— Acho que é um barril...

Ziggs enfiou os pés no raso.

Uma onda trouxe o barril para perto, e Mônica o colocou de pé com a ajuda de Faruk, mas estava muito pesado.

— Pode ter caído alguma carga nos navios que atracaram...

Mônica limpou o suor da testa. Os três recuaram com os olhos arregalados quando o barril começou a tremer.

— Não sei se estou pronta para jogar *Jumanji!*

Mônica pôs as mãos na cabeça.

— Calma. — Ziggs pegou um facão do coldre que usaria de alicate. — Deve ser algum animal exótico que um nobre pode ter encomendado...

Ele pegou o facão e, quando abriria o barril, a tampa abriu sozinha e um garoto de sete anos saiu dele. O menino olhou em volta e, ao ver os três ali, voltou para o barril como se nada tivesse acontecido.

Ziggs tirou a pistola do coldre e apontou para frente, ao passo que Faruk tocou no cano da arma e a baixou lentamente, negando com a cabeça.

— Ei. — Mônica se sentou frente ao barril. — Pode sair, carinha. Não vamos machucar você...

As tábuas tremeram de novo e o garoto saiu, encharcado e trêmulo.

— Temos que levá-lo para a capitã — Ziggs sugeriu.

— Não — Faruk interpôs. — Primeiro vamos ver de onde ele veio. Deve estar assustado.

O garoto esfregou as mãos, como se suplicasse. Ele tinha o mesmo tom de pele de Faruk e olhos cor de mel cercados por olheiras. *O que esse garoto passou?*, Mônica pensou e percebeu que ele não falava inglês, português e nenhum outro idioma que tentaram. Por fim, o menino enfiou a mão nos bolsos e puxou a primeiro objeto que sentiu e entregou na mão de Mônica. Era uma pequena ampulheta de madeira com uma inscrição:

`A mari usque ad mare.`

Ele apontou para o porto timidamente.

— Liberdade — ele balbuciou com a voz seca.

Mônica tentou devolver a ampulheta, dizendo que não precisava.

— Justo — ele respondeu, negando com as mãos e começou a cambalear para a frente.

Mônica pôs a mão no ombro do menino e, pegando ameixas secas e três moedas que tinha no bolso, entregou na mão dele e bagunçou seu cabelo. A criança não tinha força para relutar, aceitou e tropeçou pela areia rumo ao píer.

— Espere, vamos deixar ele ir embora assim? — Ziggs perguntou, irritado.

— Pensa em quantos barris com garotos como ele não chegaram à costa. Deixe o garoto.

Faruk enfiou as mãos nos bolsos e olhou para o céu, pensativo.

Trezentos anos de história e tudo parece igual. Crianças clamando ajuda à Europa. Mesmo esse sendo o continente que causou tanta dor, não dá nenhum suporte, Mônica pensou ao apertar a ampulheta, agora já em seu bolso.

𝄞

Era muito difícil para Mônica tomar banho. O inverno não foi tão preocupante, porque o frio a fizera não querer ver água tão de perto. E o costume dos soldados ingleses ajudou, já que eles só tomavam um banho por mês. O que, por sinal, deixava o alojamento com o cheiro de porco suado.

Mas Mônica não aguentava, então, uma vez por semana, de madrugada, ia até perto do estábulo, onde tinha alguns baldes, e fazia um chuveiro improvisado, formando uma cortina com as próprias roupas. Com sua pistola sempre ao lado, no feno, porque nunca se sabe.

Emma vivia dizendo que era uma péssima ideia, depois de tê-la flagrado em uma noite. Se realmente fosse continuar com essa loucura, que tentasse ser mais silenciosa. A capitã também reparara em algo estranho nas costas de Mônica, mas decidiu não comentar.

— Olá, Areia — Mônica cumprimentou o cavalo. — Sei que faz tempo que não o vejo, mas a gente quase não precisa de transporte aqui, nos fazem andar para tudo. Mas olhe o que trouxe para você essa semana. – Ela estendeu uma maçã, que Areia devorou em três mordidas. – Sabia que hoje é o primeiro dia da primavera?

Mônica foi tirando a roupa e formando a cortina enquanto conversava com o cavalo.

– Sente saudades dos Franklin? – Areia relinchou. – Eu também... Até de Jack, aquele mala...

Tomou o banho em silêncio; era um alívio. Passava metade de um limão cortado nas axilas, que era um jeito de não ter cecê, quando ouviu passos. Mônica se encolheu, abraçando o balde, torcendo para que não a vissem.

Os passos cessaram. A respiração de Mônica também. Então ouviu uma voz familiar sussurrando:

– Dois, três...

Era o coronel Evans, parecia estar contando algo. *Por que a essa hora? Pelo menos não me ouviu, é só esperar ele ir embora.*

Mas ele não foi. Mônica, então, espiou por cima das cortinas e dava para vê-lo entre as tábuas do estábulo. Evans segurava uma lamparina na mão e olhava, para sorte da garota, para baixo.

Depois de alguns minutos, ele pareceu ir embora, Mônica amarrou a roupa no corpo, em vez de vesti-la, desesperada para voltar ao alojamento. Pegou a arma com cuidado, para a pólvora não molhar, mas, ao passar pela porta e olhar de relance para onde o coronel estava olhando antes, congelou.

Era um caixote de armas. Até aí tudo bem, ele poderia estar fazendo o inventário. Mas o papel em cima dele, com o número de pistolas e rifles, tinha exatamente a mesma letra do bilhete que o espião mandara a Mônica, o bilhete da emboscada.

Os passos voltaram. Mônica levantou a arma. Era o coronel Evans que havia voltado. O espião.

A surpresa maior para o coronel não foi uma arma apontada para ele, mas, ao ver Surdo enrolado em poucas roupas, com o cabelo encharcado caindo pelo rosto e as curvas se formando, finalmente percebeu.

— Uma garota? Sempre soube que era frouxo, mas não que era tanto. Isso explica tudo... Abaixe esse brinquedinho, Surdo, você não é assassina.

Ele rapidamente sacou um facão e golpeou a garota, que rapidamente pulou para trás, sem soltar a arma.

Mônica tremia. Lembrou-se da floresta, do lenhador. Da irmã naquela redoma. O corte na barriga não parava de sangrar, mas sentia o sangue frio. *Quantas vezes fechei os olhos? Quantas vezes travei? Quantas vezes mais vou continuar recuando?*

Agora com os olhos bem abertos e cheios de fúria, Mônica atirou. A bala acertou a perna e saiu pelo outro lado. O coronel gritou, mas riu mecanicamente.

— Eu já falei, garota, você nem sabe atirar.

— Eu acertei exatamente onde queria. — Mônica sorria enquanto ele cambaleava, zonzo. — Mas tem razão, não sou assassina.

— O que você fez?!

A visão dele estava turva, o que o fez se ajoelhar no chão. Obra da bala banhada no sonífero.

— Meus olhos estão bem abertos dessa vez, coronel. E os seus?

DIAS MELHORES

JOTA QUEST

— Você apagou por quase um dia inteiro. Enviei um mensageiro para outro coronel, que se responsabilizou de vir buscar Evans, que agora está na prisão do forte. Mas você tem problemas maiores.

Eram tantas perguntas. *Temos uma prisão? Em quanto tempo chegaram? Então aqui é a enfermaria?* Mas a palavra "problemas maiores" martelou em sua cabeça.

— O ferimento foi assim tão grave? — Mônica perguntou ao mesmo tempo em que puxava seu lenço e viu bandagens ao redor da barriga. *Desmaiei de dor*, pensou.

— Não. — Emma passou a mão no cabelo nervosamente. — Mônica. Eles sabem. Os recrutas. Quando acordou, Evans gritou a todos que você é uma mulher.

Ela suspirou, parou na porta, mas não se virou para Emma, que pedia que descansasse. Seguiu até o alojamento.

Todas as conversas e risadas pararam quando ela entrou. Os olhares eram de medo ou de rancor. Ela caminhou pesadamente até a cama, para recolher seus pertences. Viu dezenas de pentes espalhados pela cama e o seu uniforme rasgado no chão.

— Vão ser mais úteis do que o uniforme — Adams resmungou.

Ela mirou em volta, nenhum olhar de apoio. Mesmo depois de capturar um espião, mesmo tendo feito mais por aquele batalhão do que qualquer outro soldado ali, todos a achavam inferior. Todos, exceto Faruk. Ele pegou o uniforme rasgado do chão e o guardou em um saco. Depois pôs a mão no ombro dela e acenou com respeito, pondo-se ao seu lado. Ela não desviou o olhar da cama. Um ano e meio antes, ela estaria chorando por isso. Deixaria o nó na garganta e encontraria consolo nos fones de ouvido.

Mas não era a mesma garota que ficara calada ao ver a irmã sofrer.

— Você! — Ela apontou para Levi Adams, que saltou para trás. — Garoto mimado e presunçoso... — Mônica começou a rir. — Achou que isso fosse me irritar?! Quanto gastou nesses pentes? Alguns aqui são caros, cores diferentes... Seu salário, talvez? — Agora os outros soldados olhavam para ele, que começou a ficar vermelho. — Se você se esforçou *tanto* para despertar apenas raiva em mim, então o que isso diz sobre *você?* — Ele tentou falar, mas ela o interrompeu com a mão. — Eu só sinto pena. — Dessa vez, Adams ficou furioso e tentou avançar para cima dela, mas Faruk o segurou. — Aliás, obrigada pelos pentes, vou usá-los.

Ela realmente os guardou junto dos pertences que tirou do alojamento e caminhou para o desconhecido.

𝄞

Mônica não tinha mais para onde ir, então Emma a acolheu em sua casa.

— Eu nem sabia que tinha uma casa — Mônica comentou ao entrar pela porta modesta que tinha perto do Farol.

— Achava que eu morava no alojamento? Com todos aqueles porcos? — Ela riu ao se sentar no sofá velho e marrom. — Comprei de um guarda-caça. É modesto, mas é meu.

Mônica reparou em uma prateleira cheia de vidrinhos com líquidos coloridos.

— Também tem venenos?

— Não, não. — Ela se inclinou para a frente. — Aquele preto é sangue de lula gigante, o verde é escama de arenque triturada, o vermelho é sangue de tubarão. São lembranças que levei do Vingança do Rainha Ana.

— Nossa. — Ela segurou alguns dos vidros, até ver o violino na mesa no canto da sala. — Toca uma música para mim? — perguntou com os olhos brilhando.

Emma se levantou e pegou o instrumento, suspirando. Com um sorriso, começou a tocar. Era uma música melancólica e meio macabra. De alguma forma, Mônica sentiu o cheiro da morte só de ouvi-la e engoliu em seco — não deixava de ser evolvente. Bonita, até. Mas a capitã não esperou elogios, terminou a música e apontou para o sofá.

— Vai dormir aqui. Sinto muito, mas uma casa de guarda-caça só tem um quarto e não vou dividir com uma criança, combinado?

Mônica sentiu frio a noite toda, o vento entrava pela brecha entre os tijolos. Ela rolou de um lado para o outro, até que Emma a acordou com pão preto e chá de canela.

— Estive pensando... — Emma começou, sentando-se ao lado de Mônica. — Acho que tenho a solução para os seus problemas. Nem sei como falar isso, mas... Existe um segredo que apenas os militares com altas patentes, ou em postos estratégicos, como o nosso, sabem. Há muito tempo, por volta de catorze ou quinze anos, mais ou menos, a rainha Ana deu à luz a duas filhas gêmeas antes de morrer. Mas logo depois as crianças sumiram. E, como nunca as encontraram, a nobreza achou melhor colocar no registro que a rainha nunca teve filhos. Mas, nesse meio-tempo, os militares, incumbidos do segredo, procuraram as meninas em segredo. Até porque muitas impostoras poderiam surgir ao longo dos anos.

– Até agora entendi essa história, mas o que isso tem a ver comigo?

– A marca de nascença em forma de lua crescente nas suas costas é a mesma de uma das irmãs. Eu reparei quando fiz o seu curativo.

Mônica pôs a mão na barriga.

– Em primeiro lugar, tenho uma marca nas costas? Por que nunca a vi? E, em segundo lugar, isso tudo é um engano... Posso não ter conhecido minha mãe, mas disse a você que conheci meu pai, e com certeza ele não era rei.

– Mesmo sendo mentira, você vai ter recursos, pelo menos até descobrirem. Eu sinto muito, Mônica, nunca pensei que discordaria, já informei ao parlamento. Não sei como foi parar tão longe do trono, mas agora ele é seu. Estão vindo buscar você.

Mônica jogou a cabeça contra o travesseiro.

– Em que filme da Disney estou exatamente? *Mulan* ou *Anastasia*? Cansei dessas reviravoltas, desse drama. – Ela fitou o teto e voltou seu olhar para Emma. – Quanto ganhou?

– Como?

– Não se faça de sonsa. Sei que deveria ter uma recompensa pelas princesas perdidas.

– Eu não fiz pelo dinheiro. Só queria que finalmente assumisse seu lugar de direito.

– Quanto? – Mônica cerrou os olhos.

– Meu peso em ouro – Emma admitiu, desviando o olhar.

– É bom saber quanto valho para você.

UMA PAUSA PARA O DJ

Havia três questões que pesavam na mente de Mônica. A primeira era que a notícia de ela se tornar rainha faria com que Marina a encontrasse ou fosse encontrada bem mais rápido. A segunda era que havia um mal-entendido ali, mas ela só ficaria interessada em esclarecer e fugir quando Marina aparecesse. A terceira era onde moraria.

Seria sempre assim? Seria jogada de uma situação extrema para outra? Como um toco de madeira no mar? Inspirou o ar salgado da madrugada. Ela finalmente decidira "nadar contra aquela correnteza". Mônica começou a arrumar uma sacola com pão preto, uma garrafa de água, cobertores e uma das pistolas de Emma. Só que não dava para voltar para os alojamentos, nem para a casa dos Franklin.

Talvez fosse uma boa ideia trabalhar no porto, mas sabia que Emma a procuraria em todo lugar. *Um barco!*, pensou. Sempre havia trabalho para navios mercantes. Agora seria mais difícil se passar por um menino, já que seu corpo tomava cada vez mais forma. Nada que algumas talas e roupas não ajudassem.

Saiu com passos leves e apressados para não acordar Emma. A noite densa e a neblina atrapalharam na descida do rochedo, mas, por sorte, o farol ajudou bastante.

Não foi difícil encontrar um bêbado caído na praia, mas foi difícil pegar as roupas dele. Sentiu dó do homem, sentimento que não durou muito, já que ele mesmo não lembraria para onde o casaco, as calças e o chapéu tinham ido. Quando finalmente se vestiu, o sol estava perto de nascer. Correu para o porto e viu o *Esperanza* se preparando para zarpar. Ela sabia que o capitão era um cara até legal, como tinha visto pelas rondas.

— Capitão! — Mônica gritou do píer.

O homem olhou da popa.

— Fale, rapaz!

— Precisa de algum marujo? Quero trabalho!

— Você não era soldado?

Mônica deu os ombros.

— Não dava tanto dinheiro...

— Eu entendo. — Ele coçou o queixo. — Suba aqui, vamos conversar melhor!

Mônica sorriu, mas sua animação foi embora quando se preparava para pular no navio e sentiu um cano de pistola bem na sua nuca.

— Parece que tirei a sorte grande!

Mônica ouviu a voz conhecida e começou a se xingar mentalmente.

— Vai me matar, Levi?

Ela suspirou, cansada.

— Eu até gostaria... Mas a capitã Storm enviou todos do batalhão atrás de você. O que acho um desperdício de tempo. O que ela ganha com você aqui?

Meu peso em ouro, Mônica pensou e olhou com esperança para o capitão.

— Desculpe, não contrato foragidos! — o homem gritou e voltou a se preparar para zarpar.

Levi a guiou rochedo acima, sem tirar a arma de sua nuca. Se fosse qualquer outro ali, ela já teria tentado revidar. Mas Levi Adams era o único que a mataria sem pensar duas vezes.

Ao chegar na cabana de "guarda-caça" de Emma, deparou-se com uma caravana digna de um público do *Rock in Rio*. E aparentemente aquele povo todo havia ido apenas para verificar de que Mônica era a pessoa certa e levá-la para o Palácio de Buckingham.

Levi, confuso, jogou Mônica nos braços de uma senhora corpulenta e sorridente, que foi a primeira daquela "trupe" a analisá-la e depois foi embora. Ele não parecia entender o que estava acontecendo. Já a senhora fez uma reverência exagerada e começou a erguer os braços de Mônica, medir as pernas e até mesmo a abrir a boca da garota para ver os seus dentes. Mônica se inquietou, aquele era o maior contato físico com outra pessoa que já tinha tido na vida. E o mais estranho era uma roda de pessoas que olhavam a cena com animação.

— Querem um ingresso?!

Ela olhou em volta com raiva.

— Até a voz!

A senhora começou a bater palminhas de empolgação.

Será que eles vão ficar assim com tudo que eu fizer?

Mônica sorriu. Ela começou a dar estrelinhas e fazer uma ponte, mas acabou caindo. Olhou em volta, esperando uma reação. Todos se entreolharam, confirmando com a cabeça.

— Então vamos para a tenda... comer? — Mônica sugeriu na tentativa de fugir daquela ciranda.

— O que preferir, Vossa Graça — a senhora falou com um sorriso, e Mônica entendeu que a última parte era um cumprimento.

— Ah, obrigada... Vossa Graça — ela respondeu da mesma forma, e todos começaram a rir.

— Deveras engraçada... — Ela ouviu o burburinho.

Ao entrar na tenda, percebeu que tudo era muito luxuoso e que apenas mulheres entraram. A lona era vermelha e havia tapetes, cadeiras de madeira e mesas redondas. No centro, uma grande banheira redonda com vários vestidos em volta dela.

As mulheres começaram a tirar a roupa de Mônica, que se assustou e se encolheu em um canto, afastando todas. As moças olharam para a senhora, que lançou um olhar doce para Mônica.

— A Vossa Graça está... usando trapos, se me permite dizer. Entendo que deve ter passado maus bocados. Mas de agora em diante cuidaremos da Vossa Majestade.

— Eu... posso me trocar sozinha.

No mesmo instante, todas se viraram e olharam para a lona, dando "privacidade" para Mônica tirar as roupas e entrar na banheira sozinha.

— É... podem se virar — ela disse, afundando-se na água leitosa cheia de pétalas de rosa.

As mulheres se apressaram a pegar escovões enormes e começaram a esfregar a pele de Mônica. A sujeira saía aos montes, e a garota tentou se lembrar do último banho decente que havia tomado. Uma das moças jogou água morna no cabelo dela, que relaxou, apesar da dor latente da ferida na barriga, que ainda não tinha cicatrizado.

Elas se viraram novamente, e Mônica se enrolou em duas toalhas, mas não antes de a senhora confirmar que a marca nas costas de Mônica era a mesma da tal princesa perdida. Colocaram uma camisola nela, com várias camadas de tecido.

Mônica pegou um dos doces de cima da mesa; era delicado, cheio de açúcar e chegou a fechar os olhos de tão delicioso que era. Por fim deitou nas almofadas, cansada por não ter pego no sono na noite anterior.

Era como dormir em uma nuvem... *Mas que logo virará uma tempestade*, Mônica pensou ao se levantar de súbito. O que aconteceria com ela quando descobrissem que não era a tal princesa perdida? Pensou em como os soldados fora da tenda eram bem mais fortes e altos do que os do seu antigo alojamento e engoliu em seco. Tinha de dar no pé, e rápido.

As moças e a senhora pareciam ter ido dormir em outra tenda, fazendo com que a guarda real fosse o único e pior obstáculo.

Mônica respirou fundo e observou cada costura da tenda, vendo até onde ela ia, e percebeu que poderia descosturar uma parte que a levaria ao ponto cego da guarda. Foi isso que fez, não sem antes levar consigo alguns doces e vestir um casaco de pele por cima da camisola.

Se passasse por trás do farol, conseguiria despistar pelo menos os soldados que conhecia, mas, quando estava quase chegando lá, os dois guardas que estavam na tenda a alcançaram. Mônica soltou um grito abafado de susto, e eles se assustaram com ela.

— A Vossa Majestade está bem? — um deles perguntou. — Podemos protegê-la caso queira dar um passeio.

Isso deu a ela uma ideia.

— Sim, sim... — Pensou rápido. — Quero descer para a praia.

E começou a andar, um guarda à sua frente, e o outro atrás.

Mônica se lembrou da caverna. Ouvira Ziggs comentar uma vez que tinha outra saída daquela cripta. Ela só tinha entrado superficialmente antes, mas, se conseguisse encontrar a saída, estaria livre.

— Eu vou entrar naquela caverna. — Ela apontou, e o soldado quis ir à frente. — Esperem. Na verdade, acredito que o único perigo viria daqui de fora, certo? Caso algum homem quisesse entrar. Fora que com a lua cheia hoje, sem contar o farol, não está tão escuro assim e, se tropeçar, eu grito. Só tem essa saída.

Não era verdade.

Os guardas se entreolharam e espiaram dentro da caverna; não parecia funda. Concordaram com a cabeça e ficaram em posição de sentido do lado de fora. Mônica entrou com cautela, passando a mão pela parede espessa e desnivelada da cripta. *Um passo de cada vez*, pensou. Depois de alguns metros, a luz foi sumindo e a própria respiração era o único som que conseguia ouvir.

Até que deu mais um passo e seu corpo estatelou para baixo. Mônica imergiu na água rápida e pesadamente. Sabendo que ia se afogar, começou a se debater. Mesmo sem conseguir ver nada, percebeu que aquele buraco de água era muito fundo, mas estreito, como se tivesse entrado em uma garrafa gigante. Apoiou um dos pés na borda para pegar impulso, mas o pé escorregou e a parede rasgou a pele do joelho até a coxa.

O grito embaixo d'água só serviu para entrar mais água em seus pulmões. Cravou as unhas nas rochas, quebrando-as e sentindo os dedos arderem. Não conseguia nem ver as bolhas saindo da sua boca aos poucos. Sentiu que seu coração explodiria. Não era para ser assim.

Droga! Droga! Droga! Eu não quero morrer. Marina..., foi seu último pensamento antes de perder a consciência.

AQUARELA

TOQUINHO

Mônica acordou com uma tosse, e sua visão se tornou um borrão antes de desmaiar de novo. Na segunda vez que abriu os olhos, deu de cara com Ziggs, que a observava com preocupação.

— Me ajude — ela murmurou, levantando-se devagar, mas voltou a se deitar com a dor dilacerante na perna rasgada.

— Calma. Você está em segurança agora — Ziggs disse, e ela percebeu que os dois estavam na mesma tenda de onde ela fugira. Mônica suspirou, derrotada. — Quando Faruk me contou que você era uma garota, não acreditei, pensei que fosse piada. — Ele sorriu, gesticulando. — Mas quando soube o que Levi fez, quis matá-lo. — Supôs que ele se referia aos pentes e ao uniforme. — Ninguém me explicou nada. — Ele apontou para a senhora, que passava unguento no corte na perna. — Está trabalhando para o Parlamento agora?

— Na verdade, a história é bem mais difícil de acreditar. Pensam que sou uma das filhas perdidas da rainha Ana.

Ele arregalou os olhos e começou a rir. Percebendo que ela continuava com o rosto impassível, franziu o cenho.

— Isso é ridículo — Ziggs concluiu.

— Obrigada! — Mônica respondeu ao jogar a cabeça para trás. — Finalmente alguém com bom senso aqui. Só porque viram um sinal nas minhas costas, perderam o juízo.

— Espere, eles realmente têm certeza de que você é a pessoa na sucessão?

— Sim, sim...

— Então o que você fazia na caverna?

— Posso perguntar o mesmo para você...

— Depois da chegada dessa caravana, a ordem foi reforçar a guarda. Peguei um atalho pela praia quando a vi quase morrendo.

— Então foi realmente você quem me salvou?

— Claro. Não se lembra? Você acordou e apagou de novo. Depois de sair da caverna, eu a entreguei para os guardas mais fortes, que correram para cá e me deixaram ficar até você recobrar os sentidos.

— Não, mas obrigada, de verdade.

Ela apoiou a mão no ombro do amigo e percebeu que seu braço estava fraco.

— Surdo, digo, Mônica... Estava tentando fugir?

Ela confirmou com a cabeça, sentindo-se cansada.

— Por quê? Quer dizer, se eu fosse minimamente confundido com alguém da realeza, aproveitaria cada segundo disso.

— Mas e quando descobrirem que não sou eu? — ela sussurrou.

— Não parece que você tem muita escolha até lá. — Ele apontou para os guardas e deu de ombros. — Deveria comer de tudo e dar ordens.

— Acho que é o Parlamento que decide as coisas.

— Então isso a transforma no quê? A segunda ou terceira pessoa mais poderosa da nação? Pelo amor de Deus, garota, faça o que tiver vontade. Aproveite um pouco dessa confusão...

Ela olhou para o teto da tenda. Era verdade, só tinha essa opção. O melhor disso era que Ziggs não estava decidindo por ela, era um conselho, e poucas pessoas até então já tinham lhe dado esse tipo de apoio.

— O que quer comer?

Ela virou o rosto para ele.

— Um carneiro com batatas — respondeu com os olhos brilhando.

— Senhora... — Ela cutucou a mulher que lhe fazia um curativo. — Poderíamos comer carneiro com batatas?

A senhora se levantou e orientou as moças a cozinharem. Em menos de duas horas, Mônica e Ziggs estavam jantando, mesmo que o sol já estivesse nascendo.

— Eu costumava sonhar com carneiro enquanto viajava com a minha família.

— Ah, eram mercadores?

— Ciganos... — ele respondeu, abocanhando uma batata. — Tecnicamente, eu não deveria estar no exército. Mas não tinha muitas crianças no meu clã e, quando fazia um amigo em algum lugar, já era hora de partir. Quando passamos pela Inglaterra há dois anos, eu decidi ficar. Minha mãe odiou a ideia, chorou muito, mas sabia que eu tinha que "voar por conta própria". E trabalho que não falta em época de guerra é justamente o de soldado. Eles não ligam muito para origem nesse tipo de situação, desde que você não seja espanhol, é tranquilo.

Mônica concordou com a cabeça. Não esperava que essa fosse a história de Ziggs. Imaginara uma família inglesa rica que queria que seu filho fosse general algum dia.

— Não pretendo ir à lugar nenhum — Mônica disse, sorrindo. — Se queria uma amizade aqui, tem a minha.

Ele sorriu, levantando-se.

— Agora sou eu quem precisa agradecer... e me despedir. É cansativo salvar a rainha, preciso dormir um pouco.

Ziggs riu, bagunçou o cabelo de Mônica e saiu da tenda.

— Senhora... Qual é seu nome?

— Marta, Vossa Graça.

— Poderia me fazer um favor?

— O que desejar.

— Pode preparar um carneiro por dia durante toda essa semana e levar ao batalhão para os soldados Ziggs e Faruk?

— Será feito, Alteza.

— Obrigada.

Mônica tentou mexer a perna machucada, mas a dor se espalhou pelo corpo. Percebeu também que a tosse não cessava e a dor no peito crescia. Mesmo alguém tendo trocado sua roupa enquanto estava desmaiada, havia um medo latente de estar com água nos pulmões. Não saberia o que fazer nem se estivesse de volta no futuro, quem dirá ali. Não sabia que tipo de remédio existia ou se já haviam inventado algum. Mas algo era certo: não sairia dali tão cedo.

O que não poderia ser todo mal, afinal, como Ziggs tinha dito, por que não aproveitar enquanto estava ali? Só não esperava o interrogatório que viria naquele mesmo dia.

— Vossa Graça fala ou escreve latim? — Marta perguntou enquanto a outra moça escrevia algo em um caderno de couro.

— Não, senhora. Apenas português e inglês, mas inglês não escrevo muito bem.

— Sabe costurar ou desenhar, Vossa Graça?

— Não. A Sra. Franklin até tentou me ensinar a costurar, mas eu só conseguia me furar...

Mônica sorriu, mas a mulher ficou impassível.

— Essa senhora Franklin foi quem a criou, Alteza?

— Não, passei uma... hã... temporada na casa dela. Mas foi meu pai quem me criou. Se bem que ele não fez exatamente um bom trabalho...

— Compreendo, Vossa Graça. Onde ele se encontra agora?

— Espero que bem longe de mim, né. — Vendo que ela ainda aguardava uma resposta, Mônica continuou: — Realmente não sei dizer.

— E equitação, a Vossa Alteza aprendeu?

— Nem sei o que é isso.

Marta e a outra moça se entreolharam e ela murmurou "aulas de equitaçã".

— E sua irmã, Majestade, onde está?

— Eu... também queria saber. Nos separamos quando... bom... fugimos do nosso pai.

Marta e a moça voltaram a se entreolhar.

— Na verdade, Alteza, sua irmã é a sucessora. A Vossa Graça seria princesa; ela, rainha.

Foi naquele momento que Mônica confirmou a confusão. Ela não tinha como ser a tal princesa perdida, já que era a mais velha e o pai sempre reforçava isso, justificando os experimentos em Marina. Segundo ele, ela tinha matado a mãe ao nascer, pois não esperavam que fossem gêmeas. Ela só confirmou com a cabeça, tentando seguir o roteiro.

— Naturalmente nossa prioridade será procurá-la imediatamente.

Mônica quase se levantou, animada, se não fossem os ferimentos.

— Sim, sim, *sim*! Por favor!

Ela inspirou, aliviada.

— Depois de saber que a Vossa Alteza está viva, as buscas pela rainha legítima se tornaram incessantes, mas caso não a encontremos dentro de um mês, a Vossa Graça ocupará o lugar dela. — Mônica negou com a cabeça e Marta continuou: — Não precisa se preocupar, Alteza, vamos educá-la adequadamente. E o peso da responsabilidade de administrar o reino não será seu inteiramente. Mesmo se não encontrarmos sua irmã, todas as decisões passam pelo Parlamento. Seu papel é deixar o povo tranquilo.

Tranquilo? Há!, Mônica pensou que era a frase mais engraçada que já tinha ouvido. Ela reunira coragem o suficiente para lutar contra um espião do exército, mas graciosidade e paciência pareciam um pouco demais. Isso não era tão importante assim, afinal, seu plano tinha mudado naquele momento. Em vez de tentar fugir sozinha, fugiria com Marina assim que ela fosse encontrada. Só precisava concordar com todos os luxos e algumas aulas de etiqueta. Não era exatamente um sacrifício.

𝄞

Naquela noite, o sonho que teve foi uma lembrança.

Estava na aula de educação física, de volta ao colégio. Havia um menino loiro com cabelo comprido que botava o terror em todo mundo, mas ela parecia ser seu alvo preferido.

— Ei, Mônica! — ele gritou. — Cadê sua irmã? — As outras crianças riram, a menina se encolheu. O professor estava no celular. — Cadê ela para proteger você disso aqui? — Ele jogou uma bola de basquete no rosto de Mônica. Ela sentiu o olho latejar e encostou as costas na grade. O garoto não parou e chegou perto dela, segurando o uniforme pela gola. — Ninguém quer você aqui — ele disse com os lábios colados no seu ouvido.

Depois a soltou de volta contra a grade. Mônica ficou atordoada e foi atrás do professor, explicando tudo o que tinha acontecido, mas ele só respondeu, distraído:

— Esporte é trabalhar em equipe. Tente se dar melhor com os seus colegas.

Ela passou o restante da aula ao lado do bebedouro. Naquele ano, Dominick estava em outra turma, então não tinha companhia, nem alguém para defendê-la. Esperou as meninas tomarem banho no vestiário e entrou por último. Mas, ao sair do chuveiro, percebeu que levaram o seu uniforme. Então ficou lá, sem roupas por quase uma hora, encolhida. Até que as meninas de outra turma entraram, e ela pediu para chamarem Dominick, que veio correndo com roupas do "achados e perdidos".

Mônica chegou em casa e queria desabafar com a irmã, mas, quando a viu apática e magra, desistiu. Forçou um sorriso no rosto quando foi encontrá-la de madrugada. Foi naquele momento que percebeu: sua dor não era tão importante.

Acordou de volta na tenda e cobriu o próprio corpo, acreditando que ainda estava sem roupas, mas se viu com o pijama prosaico. A perna ainda doía, mas o desconforto no peito tinha diminuído consideravelmente.

O sol estava nascendo. Percebeu algo que tinha agora, mas que não tivera naquela época: coragem? Talvez. Mas ali, naquela tenda, ninguém a desrespeitaria pelo mesmo motivo. Poder. Agora tinha o que queria, tudo o que desejasse. Mas não deixaria aquilo subir à cabeça.

𝄞

Logo após o café da manhã, não lhe deram chance de se vestir sozinha. Depois de pôr o corpete, as moças lhe enfiaram um vestido azul, estilo Cinderela. E foi quando Mônica finalmente pôs para fora tudo o que queria:

— Sei que atualmente quem comanda é o Parlamento. Onde os membros ficam?

— No castelo de Windsor, Vossa Graça. É para onde vamos.

— Não, não vamos — Mônica falou ao se sentar em uma das cadeiras de madeira.

— Como, Vossa Graça?

— Eu não vou morar em um lugar cheio de ostentação desnecessária, com uma riqueza que pertence aos povos que foram escravizados, colonizados e mortos. O Forte de Dover é o suficiente para mim. Que o Parlamento se mude para cá.

— Mas a Vossa Graça não deseja prestígio?

— Eu prefiro Chokito, mas acho que não tem isso aqui.

— Como?

— Eu serei direta: não existe glória em um castelo feito de cadáveres. Então prefiro o forte, mesmo que ele seja feito de areia.

𝄞

Não demorou muito para que as primeiras alterações fossem feitas. Afinal, como já dizia em Aquarela, *com cinco ou seis traços, é fácil fazer um castelo.* O forte foi reforçado com muito mais guardas e, em poucas semanas, já estava habitável.

Naquele meio-tempo, ela praticamente reaprendeu a andar. O ferimento em sua perna demorou a fechar, e Marta lhe garantiu que teria uma grande cicatriz branca bem ali. Mas que, nas palavras dela, *não era um problema, afinal, apenas seu futuro marido verá e, quando acontecer, ele não vai poder fugir do compromisso.* Só de pensar nisso Mônica sentiu seu estômago embrulhar.

Algumas aulas se deram ali mesmo, na tenda. A garota pensou que seria algo como outro idioma ou política, mas a prioridade foram garfos e facas. Era um tédio total. *Quer dizer, se roubassem a prataria, juntamente do garfo e faca para peixe, eles simplesmente parariam de comer peixe?*, Mônica pensou enquanto inspirou fundo. *É temporário* se tornou seu mantra.

Os soldados limparam a parte interna do forte. A garota via de longe o entra e sai dos seus antigos colegas, sem nunca poder se aproximar. Parecia também que a caravana tinha ido preparada, afinal começaram a pôr móveis dentro do "novo" castelo. Até que chegou o dia em que Mônica entrou com toda pompa e circunstância.

— O castelo de Dover foi construído por Henrique VII e é reconhecido por sua posição estratégica defensiva. Apesar do nome, é mais usado como base militar do que... — um senhor grisalho que a ficava seguindo falava sem parar sobre a arquitetura do lugar, o que para Mônica era uma tremenda chatice.

Era mais fácil para ela imaginar que aquela era a Mansão Wayne e aquele velho era Alfred. Olhou em volta. Tudo era marrom, por conta dos tijolos e da madeira, diferente do lado de fora, amarelado. A maioria dos tetos eram ovais, e estandartes vermelhos com leões estampados cobriam as paredes.

Seu quarto era quase do tamanho da casa dos Franklin, com estandartes azuis e uma tapeçaria na parte mais alta da parede. Sua cama era de madeira, também pintada de azul. Um baú verde ficava aos pés da cama e um candelabro na mesa de cabeceira.

Ela dormiu e fazia muito tempo que não tinha um sono tão bom, mas o peso da responsabilidade a acordou em um sobressalto. O país *inteiro* dependia dela. Aliás, mais do que isso, vários países dependiam das suas decisões. Chamou Alfred.

— Eu já posso tomar decisões? Sabe, as que importam...

— A Vossa Majestade se refere a instituir leis?

— Isso, exatamente.

— Apenas após a sua coroação, Majestade. Porém, por ora, o que desejar em amenidades, será concedido.

— Tudo que eu gostaria de comprar não existe nessa época. Uma Lamborghini, um PC gamer, uma sala de cinema, um estúdio de gravação... Ah, e um celular, nunca tive um. Deve caber um monte de músicas nele. Um... piano.

— Ah. — Alfred sorriu. — Temos uma sala inteira de música, poderá usar o que desejar, Vossa Alteza.

Ela já estava correndo até essa tal sala de música, até que parou e se virou para o senhor.

— O que eu desejar?

— Será concedido, Majestade.

— Me traga Levi Adams.

𝄞

Levi não imaginava o que estava acontecendo. Era apenas mais um turno, mais uma ronda. Não havia nada de especial naquele dia. Tinha feito uma aposta com os outros soldados; todos sabiam, pela movimentação do castelo, que alguém importante estava para chegar. Ninguém tinha conhecimento sobre Mônica, pois a coroação ainda estava sendo planejada e os membros do parlamento estavam a caminho. Ele tinha certeza de que seria um membro do parlamento ou príncipe escocês que se hospedaria ali. Seria dinheiro fácil.

Não entendeu nada quando soldados da guarda real o escoltaram para dentro do castelo e entrou na sala do trono. Nas laterais da sala, havia grandes mesas de jantar retangulares e, em frente, uma grande cadeira e mesa centrais. Mônica estava lá, com os pés apoiados na mesa, e deu uma mordida em uma grande coxa de frango.

— Levi! Que bom que chegou! Não aguentava mais esperar.

— Que porcaria é essa?!

Com essa frase, ele levou um soco de um dos guardas.

— Se acalmem, rapazes... Esse aí é fã de intimidação, mas não aguenta na mão nem dois minutos. Então, soldado Adams. Acho que não soube, mas agora sou a rainha da Inglaterra.

Dizer isso ainda era muito estranho para ela.

— Então vai me matar?

— Era o que faria, não é? No meu lugar, quero dizer... Não somos iguais, eu e você. A você falta humildade, empatia, e sei onde pode aprender isso. — Mônica lambeu os dedos sujos de frango e olhou para cima, pensativa. — Você vai ser um assistente de Faruk, segui-lo para todo o canto, *servi-lo*.

— Jamais!

— É isso ou a prisão. A escolha é sua.

Ela não o prenderia, mas ele não sabia disso.

O garoto não falou nada, apenas se sacudiu e olhou para o chão, conformado, e foi tirado dali. Feliz e se sentindo com o dever cumprido, ela resolveu dar uma volta para atualizar sua planta do lugar.

Passeando pelo castelo, Mônica se deparou com um quadro dela, usando um vestido rodado e verde que nunca tinha visto. Era bem realista e detalhado e a retratava com um penteado que jamais usou.

— Uau, não sou rainha não tem duas semanas e já pintaram um quadro meu.

— Vossa Graça, este é um quadro de sua mãe, quando tinha sua idade — Alfred informou.

Mônica se segurou em uma pilastra para não cair. *Se essa é a rainha Ana, então sou realmente filha dela. Isso significa... A obsessão do meu pai pela máquina do tempo, era tudo... para a reencontrar. Eu nasci no século XVIII.*

CARTA PRA VOCÊ

KELL SMITH

— Eu não entendo. Como meu pai e ela...

— Ele nunca contou a Vossa Graça? — Ela negou com a cabeça, sentido uma dor latente carregada de confusão. — Sua mãe era firme, tinha ideias peculiares, como as suas. Mesmo depois da morte de seu marido, ela liderou a nação de maneira forte. Porém, seu pai, um homem da ciência, veio até ela com objetos revolucionários, máquinas, projetos, tudo para que houvesse uma melhoria nas casas e castelos da Grã-Bretanha. Ele era conhecido por outros reis, que não aceitaram muito bem suas invenções e o tacharam de louco. Mas sua mãe não. Ela viu potencial nele, e os poucos meses que passaram juntos se tornaram *intensos*. Tivemos que manter a gravidez em segredo, para que não se tornasse um escândalo. A Vossa Majestade poderia até mesmo ter sido destituída. — Ele passou a mão pelo cabelo, como se comentasse de algo que tinha acontecido dias antes. — Sua mãe amava a Vossa Graça e sua irmã muitíssimo, inclusive planejava fugir depois que nascessem, mas acabou morrendo no parto. Seu pai sabia que, mesmo sendo herdeiras do trono, jamais poderia deixar as duas aqui tendo em conta os riscos que correriam quando descobrissem que eram bastardas.

Mônica chorava amargamente. Nunca tinha ouvido falar sobre a mãe antes, as únicas vezes que o pai abrira a boca sobre isso era para culpar a irmã da morte dela. Era tão estranho; deixava um gosto amargo na boca saber que ela as amara. *Por que ela tinha que morrer?*, era o que pensava e percebeu que o pai deveria ter isso em mente havia quase quinze anos. *Ele ficou louco por conta dela. O desespero tomou conta. Ele tinha que recriar a máquina do tempo e voltar para salvá-la.*

— Se o plano dele desse certo, eu e Marina nem teríamos nascido, então... — ela sussurrou, pondo a mão na cabeça.

A existência dela não era nem sequer relevante para ele. Seria diferente se a mãe tivesse sobrevivido? Difícil, as pessoas não mudam da noite para o dia. E talvez ela fosse tão ruim quanto ele, afinal, aquela escória de governo escravocrata e inquisitivo passara pelas mãos dela. *Pelas mãos de alguém idêntica a mim.* Seu coração pesou, como se alguém o estivesse espremendo. Sentiu falta de ar.

Sentou-se no chão, quase desmaiando, e sentiu vontade de vomitar. Levou a mão ao peito. *Para que nasci? Por que estou aqui?* Demorou para se acalmar. Alfred observava a cena como se fosse algo muito corriqueiro. Marta trouxe um chá inglês, que, ali, era só chá. Ela bebericou, sentiu seu interior esquentar, relaxou. Aos poucos, foi levantando e se dirigiu até o quarto, onde chorou até dormir.

𝄞

Pelos dias seguintes, sempre que Mônica passava em frente quadro da mãe, sentia um misto de emoções. De certa forma, sentia-se acolhida, já que nunca tinha visto uma foto da mãe quando mais nova. Agora entendia o porquê. Mas também era muita pressão. A sua mãe comandara o país que era o epicentro de muita maldade, escravidão, mortes, colonização. Era difícil até olhar para quadro. Uma herança maldita.

O parlamento havia chegado poucos dias antes da data da coroação. Os membros eram exatamente como ela esperara: homens ricos, velhos e brancos. *Algumas figuras de poder parecem não mudar, não importa a época.*

Eles fizeram fila para beijar a mão dela, o que Mônica não permitiu. Pediu para todos se sentarem e a atualizarem sobre as decisões tomadas pelo reino na sua ausência. Muito era dito sobre a Espanha e sobre como acabar logo com a guerra, mas nenhuma palavra sobre as colônias. Referiam-se a elas apenas como "importações de materiais".

O mais simpático ali era Bartolomeu Walker, que tinha uns quarenta ou cinquenta anos, cabelo preto que começava a se tornar grisalho e olhos verdes gentis, mas bajuladores. Só tecia elogios vazios a ela e a interrompia quando tentava falar.

Mônica respirou fundo e fechou os olhos. Teria de esperar só mais um pouco. Depois de alguns dias, trocaria todos os membros daquele Parlamento disfuncional, mas não se segurou e falou:

— Eu vejo muita diversidade nos portos, nas casas, no exército. Mas aqui, nesta sala, só vejo a representação de um lado da história.

— Creio que a nossa *pequena* rainha está cansada — um dos membros falou.

— Sim, foi um longo dia e quente, sua mente está um pouco *confusa* — o outro completou.

Ela estranhou o rumo da conversa, mas um dos soldados a pegou pelo braço e a guiou até o quarto. Lá, sozinha e se sentindo impotente, percebeu que ainda não tinha poder para lidar com aqueles homens. Era frustrante.

Aquilo era tão errado, tão injusto. Mesmo com o título de mulher mais poderosa daquela realidade, ainda não tinha poder suficiente para nada.

Pegou uma espada que ornamentava a parede e golpeou uma pilastra até suas mãos calejarem. Deitou na cama com lágrimas brotando nos olhos e gritou contra o travesseiro. Gritou por cada pessoa injustiçada por aquele reino, que não eram poucas. Gritou pelos maníacos pelo poder que fariam de tudo por míseras moedas de ouro. Gritou por Marina. Pelos Franklin. Por Jack. Gritou até perder a voz e, então, adormeceu.

𝄞

— Vossa Majestade... — a senhora que a avaliara como rainha a acordou. Seu nome era Marta. — Acorde. Não queria incomodar a essa hora, porém um rapaz que afirma conhecê-la está nos portões. Como ninguém sabe que será coroada, imaginei se tratar de um amigo.

Sonolenta, Mônica imaginou que seria Faruk. Realmente lhe devia um jantar e as riquezas que desejasse. Fora que ele poderia ter tido algum problema com Levi, por isso ela se apressou em ir aos portões do jeito que estava; a contragosto de Marta, que insistia para que tirasse a camisola e colocasse um vestido decente.

Ao abrirem os portões, Mônica percebeu que não era Faruk, mas um rapaz vestido de forma bagunçada, com o cabelo crespo despenteado e o rosto coberto por talas.

— Sentiu minha falta? — Jack perguntou.

ELA PARTIU
TIM MAIA

— Eu... posso entrar? — Jack perguntou, ofegante.

— Mas é claro — Mônica respondeu secamente, como era esperado de alguém que não tivera notícias do "amigo" por meses.

Ele entrou. Não sabiam direito como se cumprimentar, então só andaram lado a lado com Marta a espreita.

— Eu não sabia como achar você. Fui até o alojamento perguntando pelo soldado Franklin, mas não me deram atenção. Apenas um rapaz árabe me contou que estava trabalhando aqui no castelo.

Mônica notou que Faruk o instruíra até ali, mas não revelou que Mônica seria coroada. Era um bom amigo, apesar de muito cauteloso. *Diferente de Jack, que deve estar aqui a mando do pai para se certificar de que não serei uma desertora*, Mônica pensou.

— Ele também me contou que desmascarou um espião! É uma heroína, apesar de não verem isso.

Ele estava sendo muito gentil, o que era estranho e deu mais motivos para Mônica desconfiar de suas reais intenções. Ele estava diferente fisicamente, ela reparou. Um pouco mais alto, com um pouco mais de músculos e com a voz levemente mais grave. Bonito como sempre. E aqueles olhos... Estavam tão carinhosos... *Opa, Mônica, calma aí! Lembra que você salvou a vida dele e ele deu as costas para você.*

— Mas estou falando demais... Fora que o sol já vai nascer. Com o que está trabalhando aqui? Nos estábulos? A senhorita sempre teve um dom com os cavalos... Me conte suas aventuras.

Ele sorriu, e os dois foram para adega, porque ele estava faminto e com sede. Enquanto ele bebia um garrafão de leite e comia queijo brie, ela explicou em detalhes sobre o treinamento, Emma, Javier, as desavenças com Levi, a amizade com Faruk. Quando chegou o momento de falar sobre se tornar rainha, ele quase engasgou com o queijo, mas se manteve em silêncio. Conforme foi falando sobre a mãe que não conheceu, sobre realmente ser a princesa perdida e o medo de comandar a nação, os olhos de Jack foram perdendo o brilho e o bom humor. Seu semblante foi se tornando sombrio e no, fim, ele apenas disse:

— Sinto muito pelo que passou. A viagem até aqui foi cansativa, onde posso dormir?

— Marta vai levar você — ela disse, triste, esperando um pouco mais de empatia ou de palavras. Ou qualquer outra reação da parte dele.

No fim, Mônica tinha certeza: a indiferença ainda era sua maior marca.

Ela tomou o dejejum, visitou Areia nos estábulos, onde ele estava sendo tratado como um cavalo rei, do jeito que merecia depois de ajudá-la em toda sua trajetória até ali. Escovou seus pelos dourados e pensou em quando Jack acordaria, no que eles iriam fazer, e percebeu que não tinha perguntado o motivo de ele estar ali. Talvez fosse melhor não saber. Caminhou pelo jardim do castelo e só na hora do almoço o rapaz deu o ar da graça. Ambos se sentaram na sala do trono e toda tentativa de conversa e piada foi respondida por Jack com um sorriso amarelado.

— Eu não sei se gostaria de ver, Majestade — Alfred a abordou —, mas seu pai deixou algumas plantas e projetos do que queria para o reino. Sua mãe não teve tempo de aplicá-las.

Mônica nem queria olhar para aquilo, mas se ia mudar a infraestrutura das casas e melhorar o saneamento básico, não deixaria o rancor que sentia pelo pai ficar na frente disso. Ela foi até uma sala que tinha vários pertences da mãe, alguns vestidos comidos por traças, um tabuleiro com estratégias de guerra, uns dois quadros com pinturas na parede e uma mesa.

Ela rapidamente reconheceu o papel azul que ele usava no laboratório, agora amarelado. Observou que tinha várias plantas com redes de esgoto, para o castelo e casas, e um manual de como criar vasos sanitários por um artesão. No fim, ele era um bom profissional, Mônica tinha de admitir.

— Quero que comecem as obras de criação da rede de esgoto aqui no palácio e nas cidades mais próximas. Dando tudo certo, iremos prosseguir para os condados seguintes. Em quanto tempo esse sistema ficaria pronto no castelo?

— Alguns meses, Majestade.

Ela confirmou com a cabeça e, na manhã seguinte, já havia trabalhadores em todos os cantos, perfurando, cavando e moldando os canos.

A garota continuou o que precisava fazer no castelo, como as aulas de etiqueta, latim e dança obrigatórias, nas quais usava a ampulheta que ganhara na praia para calcular o tempo que estudava. Descobriu que *a mari usque addéone* significava *de mar à mar*, e era o que moveria para criar orfanatos e leis que acolhessem crianças como aquele menino.

Marta era sua sombra, e, quando a noite caiu, ela estava tão cansada que comeu no próprio quarto. A manhã seguinte foi uma verdadeira confusão, ouviu gritos, baques e finalmente foi ver o que estava acontecendo. Nos portões do castelo, alguns guardas seguravam a senhora Franklin de um lado e o senhor Franklin do outro. Leona chorava no meio.

— Chega! — Mônica gritou. — O que pensam que estão fazendo?!

Um dos soldados respondeu, sem soltar a senhora Franklin.

— Esses mouros dizem ser conhecidos seus.

— O que disse?! — Mônica arregalou os olhos com fúria. Tirou uma pistola do coldre do próprio soldado e mirou em sua cabeça.

— Solte-a, agora! — Ele a soltou, assustado, e o outro soldado o imitou. O senhor e a senhora Franklin se abraçaram, e Mônica suspirou, ainda irritada. — Estão destituídos do cargo. Se eu olhar para o rosto de vocês novamente, irão para as masmorras.

— Vossa Alteza, eu tenho família... — Um dos dois começou a chorar.

— Não me interessa! E ouçam todos: se alguém agir com preconceito, de forma a julgar pela aparência qualquer pessoa que chegue aqui, será preso ou morto.

O silêncio dominou. Mônica correu para abraçar os Franklin, que choravam copiosamente. Depois de alguns minutos, acalmaram-se e entraram.

Jack comia o dejejum na sala do trono e se levantou da cadeira sobressaltado ao ver sua família ali. Estava claro para Mônica que ele não os esperava. Os cumprimentos foram rápidos, e Mônica guiou todos aos seus respectivos quartos para se recomporem.

𝄞

Por um segundo, ela havia esquecido. Naquela noite, seria coroada, e Marta começou a arrastá-la para tomar vários banhos: de leite, de água morna, de óleos, de perfumes. Fez um milhão de penteados nela, até sua cabeça parecer um ninho de pássaros.

O nervosismo foi se tornando crescente conforme a coroação se aproximava. A cabeça de Mônica também estava lotada de preocupação com a família Franklin, queria saber como estavam. Pediu para que uma jovem moça, que vivia colada a Marta, garantisse que a família estivesse no melhor lugar da coroação e providenciasse as mais belas roupas para todos. A cabeça da "nova rainha" girava, e ela vomitou não uma, não duas, mas três vezes.

O corpete apertava, o vestido era bufante demais, parecia uma noiva de tão branco que era o tecido. Cambaleou e Marta tentava maqüiá-la, algo que deixou os sentidos de Mônica em alerta. Lembrou-se de um fato importante e ergueu as mãos.

— Sem maquiagem!

— Mas, Alteza, é a tradição. Só um pouco de ceruse veneziano.

— Eu não! Essa porcaria tem chumbo. Se ficar usando, vou morrer envenenada! Aliás, proíba a circulação desse tipo de maquiagem na Inglaterra. É mortal!

Marta balançou a cabeça negativamente. Não discutiu, porém começou a pensar que a loucura do reinado já acometia a nova monarca.

Mônica suava, chegava a hora da coroação. O correto seria a cerimônia ser na Abadia de Westminster, mas ela era uma bastarda, então seria mais fácil explicar a situação depois de ela ser coroada. Por isso, uma cerimônia mais discreta. E Mônica se perguntava que parte daquilo era discreto. A cerimônia na capela do castelo era pura ostentação. Havia um coral com trinta crianças vestindo estolas douradas. A sua parte era até fácil: ela teria de passar pelo coral e chegar ao trono, ajoelhar-se, fazer uma oração e se sentar. Essa parte era estranha. Pelo que oraria? Até onde sabia, não tinha orado antes.

— Senhor Deus... — ela começou, sussurrando — me dê sabedoria para reinar. Que eu encontre Marina e... abençoe todo mundo.

Sentiu-se ouvida, seu coração recebeu paz e já não estava tremendo tanto.

O arcebispo da Igreja Anglicana começou um longo discurso que Mônica não ouviu muito. Decidiu olhar em volta e pousou os olhos nos Franklin, todos tinham um sorriso no rosto, menos Jack, que, de alguma forma, parecia decepcionado.

Ao fim do falatório, o arcebispo gritou:

— Deus salve a rainha!

E todos repetiram.

Então, quatro cavaleiros a rodearam com um pano branco, protegendo-a enquanto o arcebispo a ungia no peito, mão e cabeça.

Um manto dourado foi posto em suas costas e duas bolas de ouro com detalhes de animais para que ela segurasse uma em cada mão.

Nesse meio-tempo, lembrou-se da música *Ela partiu*, isso porque sentia que aquele ponto na sua vida definiria um antes e depois. Nunca mais voltaria a ser o que era. Não sabia se era isso que realmente queria.

Finalmente, o arcebispo pegou a coroa, e muitos pensamentos se passaram pela mente de Mônica: *essa coroa era da rainha Elizabeth, ou melhor, vai ser um dia, porque ela ainda não nasceu. Então, tecnicamente, sou mais velha do que ela nunca vai ser. Ai, caramba, eu consigo? Não, eu consigo! Coragem, mulher!*

O arcebispo pousou a coroa na cabeça de Mônica. Estava feito.

𝄞

Todos a reverenciaram, beijaram sua mão, e a comemoração se estendeu por horas. Apesar do sono, ela se animou com a presença de um bardo, que agora cantava sobre Mônica.

A noite é bela, mas a doce visão
É da rainha Mônica na coroação.
Seus cabelos rubros em cachos se formam.
As mais belas joias seu pescoço adornam.
Uma ordem sua é como o trovão.
Ao seu comando os inimigos cairão!

A nova rainha aplaudiu e era toda sorrisos. Ela aproveitou para comentar com Jack:

— Gostei muito dele!

Jack franziu o cenho, irritado.

— Do bardo?

— Sim, sim. Ele é muito talentoso!

— Parece ser bem o seu tipo de homem.

Mônica sorriu, achando o comentário engraçado.

— Se não o conhecesse, diria que está com ciúmes...

— Nem nos seus mais belos sonhos, Alteza — retorquiu com sarcasmo e saiu de perto dela.

Ela ignorou essa última frase e continuou batendo palmas conforme a música se agitava, mas, depois de meia hora, suas pálpebras não aguentavam e suas pernas falhavam de cansaço. Ela foi aos seus aposentos, pedindo para reunir o Parlamento na primeira hora da manhã.

𝄞

Mônica acordou, lavou o rosto em uma tigela de prata, colocou um vestido mais curto, estilo debutante, azul-caneta que tinha pedido para a alfaiate real fazer. Sentia-se linda, poderosa; uma estrela do rock. Amarrou o cabelo em um rabo de cavalo e pôs uma coroa mais simples. Marchou até a sala do trono, todos a esperavam. A pauta de hoje era o primeiro decreto dela como monarca.

— Eu sugiro diminuir os impostos. Dessa forma, teria a simpatia do povo — um dos membros aconselhou.

— Creio que uma atitude mais drástica seria o ideal, como enviar tropas e reforçar o exército contra a Espanha — outro comentou. — Dessa forma, já mostraria que será uma rainha firme.

— São bons conselhos — ela comentou, ajeitando-se em sua cadeira e entrelaçando seus dedos em cima da mesa. — Mas já tenho algo em mente. Vamos abolir a escravidão.

SINFONIA Nº 4 "BRASILIA"

CAMARGO GUARNIERI

A gritaria foi grande, mas a reação era a esperada. Mônica bateu na mesa com uma taça de prata, que espirrou suco de tâmaras pela madeira.

— Silêncio! Minha ordem é a lei.

Na verdade, não era. Ela sabia muito bem que os membros decidiam tudo, e ela era apenas uma figura pública. Mas se dobrasse aqueles velhos, teria uma chance de fazer a diferença.

— Vossa Majestade, entenda, alguns países já aboliram a escravatura e é uma opção aqui, porém não temos quantia suficiente para manter a renda do país após o decreto.

— Quanto seria necessário para dar fim a esse massacre? Somando as embarcações que levariam os escravizados de volta à sua terra de origem e se optarem pelas colônias, moradia, emprego e assistência psicológica.

— Psi o quê? — um dos membros perguntou, e ela balançou a mão, sinalizando que para considerar tudo, menos a última parte. — Seriam bilhões, Majestade.

Ela chamou o tesoureiro real e perguntou, na frente de todos ali, qual era sua fortuna pessoal.

— Catorze bilhões de xelins.

Mônica acenou com a cabeça, pensativa, e decidiu.

— Peguem dez bilhões dos meus cofres. Dessa forma, o dinheiro não precisa sair dos impostos e o país não irá a falência. — Os membros cochicharam entre si, surpresos e confusos, e Mônica aproveitou para pôr outro assunto em pauta. — Existe um segundo decreto que desejo fazer.

— E qual seria, Majestade?

— O senhor Franklin, meu convidado, costumava ser barão, antes de injustamente lhe tirarem esse título.

— E deseja repor?

— Não, barão não é suficiente. Conde parece mais digno. O que acham?

— Como desejar — todos concordaram.

Animada para dar a notícia após a reunião, Mônica ficou feliz em encontrar Leona no corredor do castelo, mas ela parecia aflita.

— Fale comigo, o que foi?

— Preciso lhe contar algo. Mas em particular...

— Claro, vamos lá.

Naquele momento, Alfred interrompeu as duas dizendo ter um convidado a esperando para ser atendido.

— Então espere só um minuto! — Mônica disse a Leona e correu para ver quem era.

Era Faruk, finalmente. Estava feliz em reencontrar o amigo, então o abraçou e ambos se sentaram na sala do trono.

— Podemos conversar a sós?

Faruk parecia nervoso.

Ela dispensou os guardas, que estavam receosos em deixá-la sozinha com ele.

— Entendo a necessidade em querer me ajudar, Surdo, digo, Mônica, Majestade... — Faruk suspirou. — Mas não quero esse tipo de ajuda.

— Fala de Adams como seu assistente?

— Sim. Quero que me consulte antes de alterar minha vida dessa forma. — Ele cerrou os punhos, que estavam colados ao lado do corpo. — Entendo que possa parecer *bom*, mas peço com humildade, tire Adams da minha autoridade.

— Ele o intimidou ou o desrespeitou?

— Me considera tão pouco assim?! Acha mesmo que não poderia lidar com ele?! Sei que estou passando dos limites aqui, mas digo isso como seu *amigo*, e não como *súdito*. Antes de ajudar alguém, saiba primeiro se a pessoa *precisa* de ajuda e o que ela *quer*.

Mônica arregalou os olhos, não esperava por isso. Porém, percebeu que ele estava certo. Quem era ela para decidir pelos outros o que era bom ou não? Começou mal como rainha e tinha cometido um erro como amiga.

— Eu... peço perdão. Então, o que deseja?

Foi a vez de Faruk arregalar os olhos. Não esperava um pedido de desculpas, muito menos ser ouvido ali.

— Eu não ligo para Adams. Como lhe disse antes, prefiro escrever o nome dele na areia. Mas... Quando fui convocado, tive que atravessar quase metade da nação e deixei a minha mãe para trás, que me criou sozinha. Ela é uma excelente costureira, mas no lugar onde eu morava ela só consegue trabalho em conserto de roupas, o que dá pouquíssimas moedas. Eu lhe mando mensalmente quase todo o meu salário, o que não acredito ser suficiente também. Seria possível... uma loja no porto para ela? O movimento lá é grande e ela cresceria muito rápido.

— Não prefere que ela trabalhe aqui no castelo? Como minha alfaiate? Ganharia bem mais...

— Com todo respeito, Mônica... Não acredito que ela vá concordar com isso. Nada contra você, em particular. É só que... Depois de tudo que ela e minha família passou nesta terra, servir à coroa não é exatamente um sonho.

— Entendo, mas ela não mudaria de ideia sabendo que estou no trono?

— Ela vai ficar feliz por sermos amigos. Escrevi muito a seu respeito e de Ziggs. Ainda assim... — Ele pôs a mão na nuca. — O reino está longe de ser o ideal. Por mais que já tenha feito várias mudanças, ainda há muito o que ser feito.

— Entendo. Escolha o melhor espaço no porto, eu o darei. E deixe as primeiras provisões de obras e tecidos comigo. — Ela olhou em volta, até encontrar uma bolsinha de prata na mesa ao lado do trono. — Pegue. — Estendeu a bolsa. — Para a viagem da sua mãe para cá.

Só que além de pegar a bolsa, Faruk pegou a mão de Mônica e a apertou em sinal de respeito. Ele a olhou firme nos olhos, que já estavam marejados, e balbuciou:

— Obrigado.

E ele a deixou ali, sozinha na sala do trono, com muitas dúvidas sobre seu mandato, o que fazer, como agir. Ela tinha abolido a escravidão e dado moradia e opções pós-abolição, a fim de evitar negligência com os ex-escravizados. Qual era o próximo passo? Decidiu chamar a pessoa mais sábia que conhecia para pedir conselhos.

— Não sei o que querem de mim. Não aguento mais. Como eu fui parar aqui? — ela confessou para a senhora Franklin, assim que ela chegou, e se afundou no trono.

— Conhece a história do rei e do caçador?

— Não... Bom, acho que não.

— Havia um rei que sempre saía para caçar com o seu caçador real. Certa vez, eles se depararam com um leão, e o animal comeu três dedos do rei, que ficou furioso. Mas o caçador tentou animá-lo, dizendo: "Tudo que Deus faz é bom", só que isso deixou o rei ainda mais irado. Por isso mandou trancar esse caçador na prisão. O rei, então, foi com outro grupo caçar novamente na floresta, tempos depois, mas foram atacados por uma tribo de canibais, que devoraram todos, menos o rei, porque, como ele não tinha alguns dedos, o consideraram imperfeito para comer e o liberaram. O rei voltou muito aflito e libertou aquele primeiro caçador, contando toda a história, e disse: "Eu sinto muito, pois, se não fossem pelos meus dedos faltando, estaria morto agora. Realmente tudo que Deus faz é bom, não deveria tê-lo prendido". Mas, então, o caçador respondeu: "Se o senhor não me tivesse prendido, eu também estaria morto, pois não há nada faltando no meu corpo e eu seria devorado".

— Então a moral é que Deus tem sempre um plano?

— Não. Digo, Ele tem planos, sim, mas a moral é que Deus transforma atitudes estúpidas, como caçar em uma floresta cheia de leões e canibais, em algo de positivo. E a Vossa Graça, de maneira muito inesperada, acabou na minha casa e assumiu o infortúnio do meu filho. Sem isso, não seria descoberta como rainha, nem estaria aqui hoje.

— Entendo o que quer dizer. Então, mesmo que eu erre, Deus vai consertar tudo?

— Também não, mas se evitar os erros, confiar Nele e ainda assim errar sem querer, então será uma boa mulher. Uma boa rainha.

Para Mônica, ouvir a senhora Franklin era como ouvir a uma orquestra depois de várias horas de rock, um momento de paz e tranquilidade. Era quase possível sentir os instrumentos da Sinfonia n° 4 "Brasília" tocando e transpassando as paredes.

— Então, como meu primeiro ato sendo uma boa mulher, a nomearei membro do parlamento.

A senhora Franklin riu, imaginando se tratar de uma piada, mas ficou séria ao ver que Mônica não ria junto.

— Eu entendo sua boa intenção, mas... Uma mulher no parlamento? Não pode estar falando sério.

— E não é uma mulher que senta neste trono? Não há mulheres no exército, nos portos, nas cozinhas, no campo, na cidade e aqui, na minha frente? Errado é não ter uma no parlamento. A senhora seria de grande valia.

— Eu? Mas quem sou eu?

— Uma boa mãe, uma boa esposa, uma mulher que sofreu as piores injustiças e ainda assim está de pé me dando conselhos. A senhora já faz o trabalho do parlamento, só quero que aceite a cadeira. — Mônica estava contente em poder retribuir pelo menos um pouco do que ela tinha feito. A senhora Franklin tentou falar, mas Mônica interrompeu: — Não vou obrigá-la a nada que não queira, até porque acabei de aprender a lição de não impor minhas vontades. Mas olhe nos meus olhos e escute quando digo: tudo que Deus faz é bom.

ALL OF ME
JOHN LEGEND

Ela estava tão feliz quando passou pelo corredor que se distraiu e tropeçou, caindo no chão. Jack passou e rapidamente correu para ajudar, estendendo-lhe a mão.

— A senhorita está bem? — Ele parecia franco, sincero até.

E isso irritou Mônica muito mais.

— Mas que droga! Ora você é gentil, ora é indiferente, ora é arrogante, ora preocupado! Mas que porcaria você quer comigo?

— Você... Quer saber? Levante sozinha.

E ele a deixou no chão, saindo correndo adentro.

Irritada, ela quase se esqueceu de Leona depois de tudo que aconteceu, mas conseguiu encontrá-la no jardim. Assim como o irmão, ela também tinha crescido um pouco, era quase uma mocinha. O vestido rosa ia amassando na grama e ela retirava as pétalas de flor uma a uma ansiosamente.

— Se quiser conversar, agora estou disponível...

— Você precisa saber, Mônica... — Ela era a única que a tratava por "você" e pelo nome, o que a deixou feliz. — Meu irmão começou a perder o juízo depois que você parou de escrever. Ele escrevia uma carta por dia e nenhuma resposta. Jack pensou o pior, disse que você poderia estar morta ou presa e tentou convencer meu pai a vir. Mas ele dizia que se fizesse isso corria o risco de desmascarar você. — Ela cuspia palavras muito rapidamente. — Depois de meses, ele não dormia mais e se recusava a comer, até que veio no meu quarto, no meio da noite e como um louco disse que iria vê-la e se descobrissem que era uma garota, fugiria com você. — Ela a olhou, aflita, sabendo que era um segredo que talvez não devesse contar. — Ele se casaria com você. Mas aí...

— Eu virei rainha.

Mônica suspirou, era muito o que processar. Ele se importava. Mais do que isso, ele gostava dela. E ela tinha sido... uma *imbecil.*

— Eu percebi que ele não havia se confessado quando chegamos. Sei que meu irmão é orgulhoso, você está além do alcance agora. O status da minha família, não importa que título nos dê, não será o mesmo de uma família real. Eu sei disso, ele sabe disso. Mas o que ele não sabe é que jamais se perdoaria se não *tentasse.*

Mônica fechou os olhos e se levantou.

— Aonde vai? — Leona perguntou.

— Resolver essa situação.

A primeira parada que fez foi na prisão do forte, onde pediu uma cópia da confissão de traição do coronel Evans. Como ela desconfiara, o espião tinha confiscado algumas cartas dela, de Emma e de outros soldados a fim de obter informações. Por isso as dela não chegaram à casa dos Franklin e as de Jack não foram entregues.

Refletiu sobre cada momento com Jack, leu as cartas dele, que finalmente estavam em suas mãos e transmitiam ansiedade e aflição. Toda a raiva que sentira por ele não ter escrito não era só despeito. Sabia, mas evitava o fato de que sentira o coração partido pela indiferença dele.

Ela marchou firme até a porta do quarto dele e bateu. Jack abriu, com o rosto inchado de sono, e não gostou de vê-la ali.

— Me deixe pelo menos ter uma noite de paz! — Ele fecharia a porta na cara dela, mas Mônica enfiou pé na brecha e forçou lentamente com a mão até abrir.

— Me siga. É uma ordem.

Ele murmurou algum xingamento e a seguiu.

Ela o levou até a sala de música. Mônica sentou frente ao piano de cauda, esticou os dedos e os estalou.

— Eu percebi que nunca tinha tocado uma música para você. Agora preciso que preste atenção na letra. Porque é o que quero *dizer* a você.

Ela se balançou para frente e para trás enquanto dedilhava as teclas. Sentiu seu coração vibrar e o rosto esquentar ao saber que Jack a observava. Fechou os olhos com vergonha e começou a cantar *All of me*, de John Legend. Jack estava de braços cruzados, mas, ao ouvir a letra, relaxou o corpo e piscou rápido repetidas vezes. Ele contornou o piano e parou ao lado dela, que terminou a música e lhe lançou um olhar suplicante.

— Eu não posso, Mônica...

Era a primeira vez que ele falava o nome dela. Mônica chegou a tremer.

— Não entendo, você veio até aqui...

— Não vou negar que me sinto atraído por você. Mas não posso... — Ele fechou os olhos com raiva. — Não poderíamos ficar juntos. Sabe bem o que aconteceu com o meu avô depois que meus pais se casaram. E meu pai era apenas barão, e você... Só consigo imaginar na retaliação com a minha família.

— Isso é tudo que o impede?

— Não é pouca coisa, mas, sim, apenas isso.

— Me beije então.

— Como é?

— Você ouviu.

— Não é apropriado. Além disso... — Ele enrubesceu. — Eu nunca... beijei... ninguém.

— Eu também não.

Ela levantou da cadeira frente ao piano e, com a mão hesitante, pegou a de Jack.

A mão estava quente, suada e macia. Os dois tinham a respiração entrecortada enquanto se aproximavam. Era engraçado, mas, para Mônica, o amor teria o ritmo de teclas de piano, mas seu coração rugia como uma bateria. Os lábios dos dois se tocaram, hesitantes, e o mundo inteiro se apagou. Só havia o ali, o agora, apenas um beijo no universo.

— Uau! — Mônica sussurrou depois que se desvencilharam.

— Eu só... agora que não sei se consigo fica longe de você. — Ele encostou sua testa na dela e sorriu. — Mas entenda que, pelo bem da minha família, pelo menos por agora, não podemos.

Ele se afastou e deu um sorriso triste, voltando para o quarto.

Nem tudo pode ser resolvido com música, Mônica suspirou.

I'M YOURS
JASON MRAZ

Só existia uma pessoa com quem gostaria de conversar naquele momento. Por isso, pediu que levassem Emma até o castelo, mas seu estado era deplorável; estava mais magra, com o rosto inchado e vermelho.

— Estava chorando?

E então Emma desabou. Mônica correu e a abraçou. Não importava para onde olhava, parecia que a toda a desgraça do mundo perseguia a capitã.

— Minha mãe... Ela...

— Está tudo bem agora. — Emma parou de chorar com a mesma velocidade que tinha começado, como se fechasse e abrisse uma torneira. Ela estava acostumada a desligar as emoções quando necessário. — Venha comigo... — As duas atravessaram o castelo até a cozinha real, onde uma dúzia de moças corria para todos os lados. — Atenção, donzelas de todas as idades! Estão sendo liberadas mais cedo, então aproveitem para ir ao sacolão, para casa ou para namorar! — Ela apontou para uma jovem loira, que deu uma risadinha. — Eu sei que gosta do ferreiro, Rebeca! — As outras deram um gritinho estridente, riram e depois saíram, deixando Emma e Mônica ali. — Bom... — Mônica respirou fundo. — O que sua mãe gostava de comer?

— Qualquer coisa que não esteja podre... E ela gostava de torta de maçã. Era difícil ter no navio, porque as frutas não duravam muito.

Mônica pôs a mão no ombro de Emma, foi até a despensa e voltou com um saco cheio de maçãs. A capitã sorriu, ainda triste, e foi atrás da farinha. As duas fizeram uma bagunça enorme.

— Não ensinam isso no exército... — Mônica comentou.

— Nem em um navio pirata — Emma concluiu, e as duas riram.

Leona apareceu na porta, confusa sobre o estava acontecendo, mas corajosa o suficiente para perguntar:

— Posso ajudar?

Mônica olhou para Emma, que aprovou com a cabeça.

— Quanto mais pirralhas, melhor!

— Emma, Leona. Leona, Emma — Mônica as apresentou e percebeu como era estranho ter duas pessoas, de esferas diferentes da sua vida, conhecendo-se. Era como um *crossover* de *Friends* com *Brooklyn 99*, tinha tudo para ser incrível.

A torta quase queimou, mas Leona tinha mais experiência do que as duas ali e a tirou do forno a lenha bem a tempo. As três se sentaram à bancada para comer e Emma comentou:

— Como está a vida de rainha, pirralha?

— As outras meninas sempre sonhavam em ser uma princesa da Disney. Eu não; eu queria ser a tecladista de uma banda POP ou uma pianista em uma orquestra que se apresentaria no Theatro Municipal do Rio. Então, andaria pelo centro da cidade usando um sobretudo com um achocolatado da Starbucks na mão. Meu namorado me encontraria na porta do teatro e então começaria a chover e nós nos beijaríamos. E tanto ele quanto minha irmã estariam na plateia, aplaudindo.

— Entendi só metade do que disse, mas esse "namorado" seria meu irmão, certo? — Leona comentou, e Emma deu um tapinha no braço de Mônica.

— Esse deve ter sido o "convocado", o real soldado Franklin, estou certa?

— Está falando de mim, mas e o Javier, hein? Sei que gosta dele.

Aquele momento, aquela paz em meio à confusão não durariam muito, mas durou o suficiente para Mônica se sentir renovada, e Emma, confortada. Conversaram assuntos sérios, bobagens, até que Mônica concluiu:

— Emma, até agora não pedi desculpas, nem a agradeci. Então aqui vai: obrigada por fazer o certo por mim, mesmo quando não entendi que era o melhor. E desculpe por ter sido birrenta e ingrata, depois de tudo o que fez por mim.

— De nada? — Emma deu os ombros e sorriu.

Cada uma foi para seu próprio quarto, e Emma ganhou um para ela também, que Mônica fez questão de encher com as melhores pistolas e espadas. E não questionou quando os buracos de bala apareceram nas paredes de pedra na manhã seguinte.

𝄞

No jantar da noite seguinte, Mônica segurou o braço de Jack, depois que todos saíram, e ele também se precipitava a sair.

— Mônica, já disse que não podemos...

— Eu sei, eu sei. Mas agora não estou querendo convencê-lo a ficar comigo. Só preciso do meu amigo, Jack.

— Diga-me o que a preocupa...

— Eu consegui abolir a escravidão e mudar certas crueldades que este país comete. Mas não é apenas o parlamento, soube que a população não apoia meu governo e sem isso é muito difícil fazer mais mudanças importantes aqui.

— Então a subestimam?

— Não é como se subestimassem, porque isso implicaria em esperar pouco de mim. Eles não esperam nada. E muitos poucos esperam o impossível. Não sou um lixo, muito menos a Mulher-Maravilha.

— Mulher-Maravilha? — Jack franziu o cenho.

— É uma super-heroína. Eu não sei explicar direito, mas ela tem poderes e faz o bem e tal. Sinto falta dos filmes, sinto falta... — Mônica envergou as costas e seu olhar divagou. — Até das pequenas chatices: de esperar no ponto de ônibus, de comer uma coxinha na esquina da escola, de dobrar as roupas depois de pegar no varal. Mas isso parece pouco — ela pousou os olhos em Jack — perto da saudade que tive de você.

Era meloso, ela sabia, mas todas as músicas de amor pareciam fazer sentindo agora, até *I'm Yours*. Imaginava os dois em uma praia ao som dessa canção.

O silêncio era intenso, o ar poderia ser cortado por uma faca. Jack não conseguia ficar indiferente com a mesma intensidade em que a respiração falhava.

— Eu... — Ele engoliu a seco. — Gostaria de conhecer o lugar de onde veio. E eu...

Naquele momento, os portões da sala do trono se abriram e os dois se afastaram, envergonhados.

— Vossa Alteza. — Alfred entrou apressado. — Um líder corsário precisa da sua assinatura em uma carta de corso.

— O general não deveria cuidar disso?

— O que foi mandado para substituir o espião Evans ainda não chegou de Londres. Além disso, Vossa Majestade, ele também pede sua aprovação para uma missão muito específica.

Então, ela se dirigiu até a sala do trono e encontrou Javier lá.

— Não acreditei quando ouvi as histórias. Então a recruta de Emma se tornou rainha mesmo? — Ele sorriu. — Parabéns?

— Obrigada? — ela perguntou e sorriu. — Emma vai gostar de vê-lo, podemos chamá-la e...

— Espere, antes preciso pedir algo, e quero que não conte a ela. Sei que fez muitas mudanças por aqui, incluindo abolir a escravidão, porém sabe que vai levar tempo até que elas se tornem concretas. Enquanto isso, eu... capturei muitos amigos piratas, companheiros de muitos anos para este país que não dá valor ao meu povo. Ironicamente maligno... — Ele suspirou. — Então me parece justo este lugar me dar a chance de pelo menos ir atrás dos meus *inimigos*.

— Está falando do Raio Rubro?

— Sim. Fora que quero trazer o irmão de Emma de volta, ainda mais agora...

— Que ela perdeu a mãe. — Mônica pôs a mão no queixo, pensando na possibilidade. — Eu vou aprovar, mas com uma condição: traga Raio Rubro. Sei que Emma iria querer um julgamento honesto e ver a sentença se cumprir. Nós dois... devemos isso a ela.

Então ela assinou a carta de corso.

— Seu pedido é uma ordem, ou melhor, sua ordem é uma ordem...

Javier sorriu, pegou a carta de corso e foi se despedir de Emma antes da sua próxima parada: o Vingança da Rainha Ana.

ODEON
ERNESTO NAZARETH

Todos os dias, depois que se declarou, Mônica ia até a sala de música, no mesmo horário, ansiando pela presença de Jack. Mas, por semanas, ele não foi nenhuma vez, e, com o tempo, ela apenas treinava ao piano. Fazia tanto tempo que desejava aquele instrumento, aquela liberdade, e agora a música não estava apenas nos seus ouvidos, nos seus fones, mas atravessavam as paredes, o castelo, o seu coração.

Mesmo sendo fã de POP e até de rock, a música clássica era o que ia mais fundo na sua alma, porque, mesmo sem letra, a melodia parecia entender o que estava sentindo. Tocou *Déonn no piano*, de Ernesto Nazareth, e se lembrou do que a senhora Franklin havia falado, sobre o rei, o caçador e Deus.

Sempre se questionou sobre isso. Em parte, culpava Deus pelo que o pai fizera à irmã. Mas depois de tudo que vivera, a forma como fora parar ali e ajudara tanta gente e fora ajudada, parecia que o que a "mãe postiça" falara estava certo: que Deus tornava o que as pessoas fazem de ruim em algo de bom no fim.

— Eu agradeci a Emma, aos Franklin e a Faruk. Mas acho que o Senhor existe e que já me ajudou muito, não sei o porquê, mas obrigada. Me faz ser capaz de fazer o certo aqui, mesmo quando não consigo ver com clareza como agir. Cuide de Marina, guie-a até aqui e proteja-a — ela disse, com os olhos abertos, mirando o teto, sem saber como terminar. — Amém...

Era difícil se lembrar de músicas cristãs. O nome Lázaro vinha à mente dela, o cantor que infelizmente já tinha morrido. *Tecnicamente, agora ele ainda nem nasceu.*

Foi para a cama pensando na reunião do parlamento, que aconteceria na manhã seguinte. Era a primeira em que a senhora Franklin participaria. Estava ansiosa, *nada* poderia dar errado.

𝄞

Os membros chegaram um a um e estranharam a presença da senhora Franklin. Desde os olhares tortos até os cochichos deixaram Mônica desconfortável, mas a senhora em questão permanecia com o olhar neutro e acolhedor.

— Seja muitíssimo bem-vinda. — Bartolomeu beijou a mão da senhora Franklin. — Realmente, Vossa Alteza — ele olhou para Mônica —, precisávamos de uma visão diferente no parlamento.

Todos se sentaram e foram servidas taças de vinho para os membros, exceto para Mônica e a senhora Franklin, que não bebiam nada alcoólico.

— A primeira pauta da nossa reunião será algo que a senhora Franklin me trouxe em mente. As famílias consideradas "mestiças", termo muito retrógrado, aliás, terão os mesmos direitos que todas as demais famílias. — O burburinho começou e terminou quando Mônica cerrou a mão no ar, como um maestro com sua orquestra. — Os casais de origens, cores e etnias diferentes poderão se casar em qualquer igreja que preferirem e receberão normalmente a certidão de casamento.

O burburinho recomeçou, até que Bartolomeu interveio:

— Concordo com a nossa rainha e a nova integrante do parlamento, são questões que demoraram tempo demais para serem discutidas.

Ele sorriu, os demais pareciam convencidos conforme ele falava das vantagens econômicas da situação. Já que existiam muitas famílias naquela situação, poderiam balancear o poder a favor deles se recebessem títulos. O que era vital na atual guerra contra a Espanha.

Todos, exceto dois membros do parlamento, concordaram com o decreto e assinaram a nova lei. Assim que finalizaram essa questão, um a um desabou a cabeça na mesa, desmaiados. Apenas a senhora Franklin, Mônica e Bartolomeu estavam conscientes. Ele não estava com a cabeça na mesa, mas ficou paralisado e com os olhos abertos.

— Bartolomeu, sei que tentou me envenenar, tenho bastante experiência com venenos, na verdade. Inclusive soníferos. Seu erro foi ter batizado apenas o meu copo, porque meu suco de maçã nunca teve cheiro de amêndoas, mas sabe o que tem? Cianeto. — Ela pousou a taça na mesa. — Poderia ter feito como eu e colocado no barril inteiro de vinho, só que pus sonífero, para ficarmos só nós. Eu já suspeitava que tentaria algo, não sabia que seria veneno; talvez subornasse um dos guardas para me matar, por isso Emma está ali na porta. — Ela acenou para a amiga. — Emma, que aliás, interceptou uma carta que enviou ao seu filho garantido um lugar para ele no parlamento após a minha morte. O que é engraçado, porque a menos que seja *vidente*, acho que teria que *garantir* isso. E deve ter concordado com tudo o que eu disse para não parecer suspeito. Por isso, decidi tratar de algo tão importante hoje para ter o seu apoio. — Ela percebeu que ele suava muito e piscava rapidamente. — Vou poupá-lo desse papo. Você tem suas opções: se retirar discretamente do parlamento, perder suas posses e nunca mais se envolver com política, saindo daqui vivo, ou não sair daqui vivo. — Ela olhou para ele por um tempo em silêncio. — Ótima escolha! — Mônica bateu na mesa, feliz. — Amanhã conto a todos que exageraram no vinho. — E deu tapinhas nas costas de Bartolomeu, retirando-se do salão. — Obrigada pela assinatura! — ela gritou do corredor.

HEY, SOUL SISTER
TRAIN

A rainha estava se sentindo confiante após desbancar o conspirador e precisava se gabar para Jack, que estava andando pelos jardins do castelo.

— Sabia que ainda não vi todas as flores que tem aqui?

— Mônica...

— Agora que falou meu nome, não para mais, não é? — disse, sorrindo.

— Sabe que não podemos morar aqui para sempre.

Os dois pararam de andar.

— Sua mãe é...

— Do parlamento? Nenhum dos outros membros moram no castelo. Vamos nos mudar mais para perto, mas não iremos abusar da sua boa vontade. Sou eu quem está contando isso, porque sei que meu pai ia medir as palavras e minha mãe se mudaria sem nem se despedir. — Ele suspirou. — Fora que, por mais que nos sintamos atraídos um pelo outro, somos bem diferentes.

— Nem tanto — Mônica o interrompeu. — Gostamos de futebol, doces, música... Apesar desse seu enorme defeito de ser bom em matemática.

Os dois sorriram.

— Mas sou um acadêmico e não tenho o dom para música como você ou aquele bardo...

— Ainda está pensando no bardo?! Não sabia que era tão ciumento. Olhe, Beethoven é um compositor... será um compositor famoso com uma das músicas mais conhecidas no mundo. Mas ele era um imbecil que jogava ovos nos garçons, cuspia no chão dos restaurantes e dava em cima das suas alunas de piano. — Mônica suspirou e olhou para lua minguante. — O que quero dizer é que talento não significa caráter. E isso é perigoso. Porque a maioria das pessoas só enxerga um dos dois.

— Em qual deles você quer destaque?

— Se precisa perguntar isso, é porque não me conhece direito.

— Tenho permissão para conhecer?

Ele deu um sorriso charmoso.

Os dois continuaram a andar e conversaram até as altas horas da madrugada. Mônica sentiu pena de Marta, que estava os seguindo com os olhos quase fechando. Embora ela quisesse que a noite durasse para sempre, os três precisavam dormir.

𝄞

Mônica acordou sentindo um arrepio na nuca e soube que algo de ruim aconteceria naquele dia. Olhou para o *discman*. Ainda o guardava na mesa de cabeceira, mas todas aquelas pilhas que trouxera já tinham acabado; duraram até demais, na verdade. Já estava no século XVIII havia quase dois anos.

Agora suas amigas eram as duas pistolas madrepérola que ficavam embaixo do seu colchão, porque, afinal, nunca se sabe. Javier tinha previsão de chegada para esses dias. Por isso Mônica colocou um vestido marrom simples, curto, com a barra da saia repicada. Vestiu um sobretudo por cima e pôs a coroa mais discreta a fim de visitar a base do forte. Era um lugar alto que a fazia sentir vertigens – um medo que Mônica não gostava de compartilhar.

Não contava que Emma também estaria lá, na parte mais alta do forte, olhando para o horizonte, onde o navio de Javier já se aproximava.

– Tenho vindo aqui há uma semana. – Ela sorriu e olhou para Mônica. – Quero ser a primeira a abraçar meu irmão no porto e agora posso! Vamos!

Ela puxou o braço da garota e as duas foram parar no píer, seguidas pelas guardas reais que se atropelavam para acompanhar a correria.

Emma estava ansiosa, dava quase pulinhos; a rainha nunca vira a capitã, agora general, assim. Quando o navio de Javier atracou, ela pulou na lateral da embarcação, usando as cordas para aterrissar no convés. Javier a olhou, constrangido, com o chapéu de capitão na mão.

– Raio Rubro escapou logo após usar seu irmão de refém... Mateo, ele...

Javier fechou os olhos. Emma deu alguns passos para trás, em choque, e deu um grito silencioso, que dilacerou sua alma.

– A morte... me persegue... – ela sussurrou entre soluços.

– Não. – Mônica foi firme. – Você não atrai nada de ruim. Sabia que essa vida era perigosa, por isso se afastou. Nada disso é culpa sua.

– Eu devia ter trazido ele... Quando fugi, eu...

Javier a abraçou. Ele não tentava ser dissimulado, nem queria mentir para ela. Tinha sido um acidente, ela nunca o perdoaria. *Por que ele se enfiou na frente do tiro? Por que salvar Marina?*, ele ainda se perguntava, com raiva e sem entender. Não era amigo de

Mateo, mas sentia a dor de Emma, queria consolá-la. Espremeu-a em um longo abraço apertado e carinhoso.

Mônica pediu para que um soldado da guarda chamasse Marta.

— Marta, fale para todos os moradores e funcionários do castelo que estamos de luto. Amanhã realizaremos uma pequena cerimônia na capela em homenagem ao irmão de Emma, Mateo Teach.

— Mas, Majestade, ele não era filho do...

— Sei muito bem de quem ele era filho. Mas nossa cidadã, militar e minha amiga pessoal perdeu seu irmão hoje. Devemos prestar respeito.

— Sim, Majestade. Mas se prepare para ter problemas com o Bispo.

Ela correu para preparar a cerimônia, que foi discreta e trouxe consolo a Emma na mesma proporção que gerou revolta em Mônica, que já odiava Raio Rubro.

Essa pirata duas caras matou os próprios companheiros. Os próprios amigos... Ah, se ela aparece na minha frente...

Mônica estendeu o período de luto do castelo por um mês. Naquele meio-tempo, ela teve de levar a comida pessoalmente, porque Emma ou atacava a pessoa que levava com socos e chutes, ou não comia nada.

— Emma...

Ela entrou no quarto e viu que estava completamente destruído. As pilastras estavam quase totalmente quebradas, marcas de balas na parede e o baú revirado.

— Ele gostava de desenhar... Meu irmão, sabe? Acabei fazendo uma tatuagem na mão em formato de vento, baseado em um dos desenhos dele. Sempre me arrependi dessa porcaria... — Ela riu e olhou para própria mão, seus olhos estavam fundos. — Não estou com fome.

— Mas vai comer! — Mônica colocou a bandeja na frente dela, que estava sentada e encolhida no canto do quarto, envolvida em um lençol. — Você não tem talento para emo, não! Mesmo seu nome sendo Emma. — Mônica sorriu sozinha. Emma enfiou a cabeça entre as próprias pernas. Então Mônica fechou o semblante e respirou fundo. — Emma, todo mundo morre. — Ela a olhou com raiva. Como era capaz de dizer isso à amiga que acabara de perder o irmão? — Seus pais morreram, seu irmão morreu, acontece. Um dia, eu e você iremos morrer. Mas escute — ela abaixou até olhar a amiga nos olhos —, o que você faz com a *sua vida* é o que importa. E, enquanto seu irmão e seus pais viveram, eles *sabiam* o quanto você os amava. Você é uns dez anos mais velha do que eu, tem mais experiência e é quem deveria estar me dando conselhos. — Ela pôs a mão no seu ombro. — Não é dessa forma que Mateo gostaria que vivesse sua vida, chorando pelos cantos. Ainda estou aqui. Ele se foi, Marina não está aqui, mas nós duas já somos irmãs.

Emma não disse uma palavra, apenas assentiu com a cabeça e começou a comer o que tinha na bandeja. Os dias foram passando e ela passou a comer mais, falar mais e a sair mais do quarto.

A morte pôs a vida de Mônica em perspectiva, por isso decidiu que chamaria Faruk para um almoço e contaria tudo para o amigo — exceto a parte de viajar no tempo.

— Bom, não vim daqui, mas pode-se dizer que me separei da minha irmã em uma floresta. Daí Jack, já falei dele, né? — ela disse entre garfadas em seu prato de cordeiro com molho de laranja.

— O das cartas não respondidas?

— Esse mesmo, mas não foi bem assim. — Ela engoliu em seco. — Ele me salvou de um homem com um machado, depois me levou para casa dos pais dele, onde conheci a senhora e o senhor Franklin. E aí várias paradas rolaram... Me aproximei da família, eles me acolheram. Mas então Jack foi convocado. Eu já não tinha família nem sabia onde encontrar minha irmã, por isso fiz o que fiz. De resto você já sabe. – Faruk a olhava, compenetrado. – Ah, também fiquei mais íntima de Emma, ela logo descobriu que eu era garota. Fomos a uma aldeia perto daqui, onde conheci Javier. Nós o salvamos da forca e agora ele é corsário. Também sei que rola um clima entre os dois... Mas aí essa parte da história não vou saber contar muito bem.

Ele assentiu depois que Mônica terminou de falar e tudo o que pediu foi papel, uma pena e tinta. Ele começou a desenhar e bloqueou o rosto de Mônica com a mão, repetindo "calma" toda vez que ela esticava o pescoço para espiar. No fim, ele lhe entregou um mapa de onde ela tinha passado.

– Está meio estranho, a proporção não está legal, mas ter mais ou menos um mapa de por onde andou pode ajudá-la a decidir para onde ir.

– Esse mapa está incrível! Você é muito humilde e sábio para sua idade.

– Temos a mesma idade.

– Exatamente.

Os dois riram.

– Na verdade... – ele começou timidamente. – Eu sempre sonhei em ser arquiteto. Sei que não poderia me especializar, mas faria vários trabalhos menores. Fiz, por exemplo, uma planta da loja que minha mãe vai ter no porto. Posso ajudar a montar os barracões vizinhos e armazéns como uma renda extra além do serviço militar.

– Por que não poderia se especializar?

Faruk torceu os lábios.

– Sabe muito bem o porquê.

Ela apoiou a mão no ombro do amigo.

— Pois saiba que já mudei as regras de seleção para as universidades. Pelo menos na Inglaterra.

— E sou muito grato a isso. Mas só porque posso *entrar*, não significa que eu seria *aceito* por eles. Fora que não poderia ajudar minha mãe de lá.

— Já disse que posso apoiá-lo financeiramente.

— E eu já disse para não se intrometer.

Jack entrou tossindo e se sentou na cadeira entre os dois.

— Estou interrompendo?

— De maneira nenhuma — Faruk disse, já se levantando.

— Espere. — Mônica ergueu a mão. — Jack, este é Faruk. E, Faruk, este é Jack.

— Ora, esse é o famoso Jack?

Faruk sorriu e estendeu a mão, ao que o outro retribuiu com um aperto forte e quase dolorido.

— Está a cortejando? — Jack foi direto, ao mesmo tempo em que Faruk empalideceu e olhou assustado para Mônica, como se ela também tivesse interpretado errado sua amizade.

Mônica só pôde rir e bater palmas.

— Não, seu doido. Ele é meu amigo do batalhão. Se bem que... — Ela pôs a mão no queixo e olhou para o teto. — Ninguém me cortejou ainda, pelo menos não adequadamente...

— Como não? Está dizendo que sou inadequado?!

Jack pôs as mãos na própria cintura, batendo o pé no chão, impaciente.

— Só me paquerou... — Ela cruzou os braços. — Mas ainda fica nesse chove não molha por conta das suas neuras!

Faruk foi andando de costas lentamente, tentando fugir dessa discussão discretamente.

Tudo parecia estar melhorando, até Javier, que tinha ficado em terra firme por conta de Emma, correr até a sala do trono, onde eles estavam.

– O navio... Ele...

Ele estava ofegante.

– Se acalme, Javier. O que aconteceu, exatamente?

– O Vingança da Rainha Ana está só a alguns quilômetros do forte. Como proceder?

Mônica chamou Emma e a senhora Franklin.

– Algum conselho? – perguntou para a mais velha.

– Essa parece ser uma questão militar, seria melhor receber o conselho da coronel.

Todos olharam para Emma, e Mônica interpôs:

– A decisão é sua, Emma. É o navio da sua família, a assassina do seu irmão e da sua mãe está lá dentro, e é você quem lidera o forte.

A pessoa a quem se referia também era Marina, irmã de Mônica, embora não soubesse disso. Emma tomou o ar para falar. Levantou a cabeça, com um olhar sombrio e ordenou:

– Preparem os soldados, mirem os canhões e afundem o navio.

Mônica's Map
Ponto inicial
Campo de lavandas
Casa dos Franklin
O Farol
Castelo de Dover
Alojamento
Mar Báltico

AGRADECIMENTOS

Agradeço primeiro a Deus pela inspiração e direção. Depois aos meus pais, Maria Alice e João Luís, por me moldarem, sempre me dando força, mas também por terem me ensinado a viver na disciplina e com honra. Aos meus irmãos, Thalita e Thiago, por deixarem minha vida mais leve e descontraída.

À minha avó, Lucilia, por sempre ser a primeira da fila dos meus lançamentos e me apoiar em todas as ocasiões. E, por fim, mas não menos importante, ao meu marido, Hugo, por todo amor, compreensão, abraços, risadas e por sempre me trazer um grande copo de açaí e uns hambúrgueres enquanto eu escrevia. E não me fazer desistir, mesmo quando essa parecia a única opção.

Gostaria de agradecer também ao Grupo Editorial Coerência e a todos que fizeram parte dessa trajetória, incluindo a Lilian, a Bianca e a Raquel. Nenhum sonho pode ser realizado sozinho. Este livro não existiria sem o trabalho de vocês.

Grupo Editorial
coerência

Esta obra foi composta na fonte ITC Legacy Serif,
tamanho 11 pt, e impresso em papel pólen bold 90g/m².
São Paulo, junho de 2022